신조선전기 5권

초판1쇄 펴냄 | 2018년 12월 24일

지은이 | 다물
발행인 | 성열관

펴낸곳 | 어울림 출판사
출판등록 / 2009년 1월 23일 제313-2009-12호
주소 / 경기도 고양시 일산동구 장항동 731 동하넥서스빌딩 307호
TEL / 031-919-0122
FAX / 031-919-0127
E-mail / 5ullim@hanmail.net

값 8,000원

ISBN 978-89-992-5182-5 (04810)
ISBN 978-89-992-4794-1 (SET)

OULIM FANTASY BOOK

5

다물 역사판타지 장편소설

신조선 창세기

어울림

신조선전기

新

목차

본 소설은 허구입니다. 실제적 역사나 사실과 다를 수 있습니다.

新

신조선 전기

대마도 해전

"어뢰 포착! 본 함으로 오고 있습니다!"

"회피하라!"

"거리 40! 30! 20! 회피 불가! 피격됩니다!"

쾅!

"크아악!"

함정에 큰 충격이 일어나면서 아사마의 머리가 크게 흔들렸다. 화염 덩어리가 터져나오면서 함수가 부러졌고, 함교에 있던 연합 해군 지휘부 장교들이 속절없이 쓰러졌다. 그리고 바닥과 벽에 부딪히면서 어떤 자는 피를 흘렸다.

함대를 지휘하는 토고도 바닥에 쓰러졌다.
신음성을 내면서 힘들게 몸을 일으켰다.
그리고 또 한번 큰 폭발이 일어났다.
콰쾅!
"   !"
불꽃이 크게 일어났다.
불꽃은 함교 높이까지 치솟아 올랐고, 아사마에 타고 있던 모든 장병들이 공중에 떠올랐다가 바닥에 내동댕이쳐졌다.
아사마의 함장이 토고에게 큰 목소리로 외쳤다.
"함수… 대파…! 포탑이 유폭됐습니다! 바닷물이 밀려들어옵니다!"
"함장은 장병들에게 퇴함을 명하라!"
"예! 장관!"
토고의 명령을 받고 함장이 퇴함 명령을 내렸다.
아사마의 함체가 앞으로 기울어지기 시작했고 함에 타고 있던 장병들이 바다에 뛰어내리기 시작했다.
퇴함할 수 있는 장병들이 모두 퇴함할 때까지 토고는 함교에서 자리를 지켰다.
그리고 북서쪽 방향으로 달려가는 해수면 사이의 무언가를 발견했다.
토고는 그것이 무엇인지 알아볼 수 있었다.
'잠수정?! 설마 조선이 잠수정을 보유했나?! 그럴 리

가……!'

이제 막 유럽에서 어뢰를 발사하는 잠수정을 건조하고 전력화하는 단계였다. 훈련에서 정박해 있는 전함을 어뢰로 침몰시키는 수준이었다.

그러나 조선은 그것을 뛰어넘은 상태였다.

그 사실이 믿기지 않았다. 멀어지는 괴물이 잠수정이라는 사실이 믿어지지 않았다. 그저 불길한 기운이 함정들 사이에 감도는 것을 느꼈다.

토고가 보고 있던 잠수정을 다른 함정이 발견하고 함포를 발포했다. 그러나 포격은 적중되지 않았고, 해수면에 걸쳐 있던 잠수정도 사라졌다.

멀리 보트가 달려오는 것이 보였다.

"어뢰정입니다! 조선군 어뢰정이 달려오고 있습니다!"

"아사마가 곧 침몰합니다! 장관!"

퇴함하기 직전에 토고가 명령을 내렸다.

"우리도 어뢰정을 출진시킨다! 예정대로 적함대로 진격하고 포격을 개시하라! 본 함에서 퇴함한다!"

"예!"

참모장이 즉시 명령을 받고 신호병들에게 지시를 내렸다. 신호병들은 아사마가 침몰하는 와중에도 주변 함정들에게 수기로 토고의 명령을 전달하면서 사력을 다했다.

그리고 퇴함 명령을 받았다.

"퇴함해!"

"퇴… 퇴함!"

깃발을 안고 바다 위로 몸을 던졌다.

그리고 토고와 연합함대 지휘부도 바다에 몸을 던져서 가까이에 위치한 함정에서 구해주기를 기다렸다.

돌격 명령을 받고 어뢰정들이 전속력을 다해 달리기 시작했다.

조선군 함대에서 출발한 어뢰정들도 일본군 연합 함대를 향해서 전력 질주했다.

그 수는 일본 어뢰정들 수의 절반이었다.

조선군 어뢰정들을 막기 위해 일본 해군 함대에서 포격이 이뤄졌다.

"놈들의 접근을 막아라!"

"발포! 발포!"

2함대를 지휘하고 있는 '카미무라 히코노조'가 기함인 '아즈마'에서 명령을 내렸다.

그리고 일본 해군 2함대에서 발포된 포탄은 최대사정거리의 부정확성으로 조선군 어뢰정들을 격침시키지 못했다.

지근거리가 되어야 적중을 기대할 수 있었다.

결국 조선군 어뢰정들과 교차하는 일본군 어뢰정들이 공격해서 무력화시킬 수밖에 없었다.

선수에 탑재된 맥심 기관총을 장전시켰고, 소총을 든 수병들이 달려오는 조선군 어뢰정들을 조준했다.

그리고 방아쇠를 당길 준비를 했다.

수에서 앞서는 일본군 어뢰정들이 이길 것이라 생각했다.

조선군 어뢰정들이 먼저 공격을 가해왔다.

드르르르륵~!

"적 공격!"

"기관총이다! 엎드려!"

퍼퍼퍽!

"커헉!"

번뜩이는 불꽃이 그토록 소름 돋을 수가 없었다.

바다를 가를 듯이 찔러오던 총탄이 어뢰정의 선측을 찢고 갑판에 있던 일본군 수병들을 찢어놓았다.

그리고 탑재되어 있던 어뢰를 유폭시켰다.

폭발이 일어나면서 일본 장병들이 휩쓸렸고, 바다 위에서 수많은 불꽃이 터져나오기 시작했다.

카미무라가 두눈을 의심했다.

"지금 대체… 무슨 일이 일어난 것인가……?!"

2함대 참모장이 망원경으로 어뢰정들을 살피다 크게 외쳤다.

"개틀링입니다!"

"뭐?!"

"놈들이 개틀링으로 공격하고 있습니다!"

"그럴 리가! 개틀링이 저리 빠른 연사를 보일 수 없다!"

"하지만 진짜입니다! 놈들이 개틀링으로 공격하고 있습니다! 우리 어뢰정들이 피격당하고 있습니다!"

"……!"

총열 다발이 돌아가는 모습이 관측됐다.

그리고 압도적인 화력으로 공격을 받고 폭발하는 어뢰정들이 보였다.

조선군 어뢰정에 개틀링이 탑재되어 있었고, 그 무기들은 전부 기계의 힘으로 돌아가고 있었다.

전동기의 힘으로 고속 회전을 하며 분당 2000발에 이르는 총탄이 발포되고 있었다.

카미무라와 일본군 장병들은 그러한 발포 과정을 모르고 있었다.

그저 예전의 개틀링처럼 사람이 손잡이를 돌려서 사격하고 있다고 생각했다.

그렇게 일본군 어뢰정들이 궤멸됐다.

6척의 어뢰정들이 살아남아 공격 명령 수행을 위해 조선군 함대로 달려갔지만 결과는 불을 보듯이 뻔했다.

조선군 어뢰정들이 어뢰를 사출했다.

"적 어뢰정! 어뢰 사출!"

"회피하라! 그리고 놈들을 향해서 포격하라!"

"회피! 포격 개시!"

일본군 함대의 함저를 노리는 어뢰가 사출됐고, 사선에 있던 함정들이 이리저리 움직이면서 회피하기 시작했다.

그와 함께 조선군 어뢰정들을 향해서 포격이 이뤄졌다.
근거리에 위치한 어뢰정 중 몇 척이 포탄을 맞고 산화했고, 2열에서 3열로 달리던 어뢰정들이 회피하는 일본 해군 함대를 향해서 다시 어뢰를 사출했다.
어뢰를 피할 수 없는 함정의 장병들이 경악하면서 소리를 질렀다.
"어뢰 접근!"
"피하라!"
쾅!
"으악!"
배수량 2400톤을 겨우 넘기는 방호순양함인 치요다가 어뢰를 맞고 일격에 두쪽이 나버렸다.
치요다 외에 사이엔과 이즈미도 어뢰에 피격 당했다.
그리고 천천히 침몰하기 시작했다. 바다 위에 떠 있는 토고가 다른 함정에 구조되기를 기다리고 있었다.
그러나 구조될 틈이 없었다.
일본 해군 연합 함대가 궁지에 몰리고 있었다.
함께 바다에 뛰어내렸던 참모장인 '미스 사타로'가 조선군 함대를 향해서 검지를 들었다.
"조선군 함대가 오고 있습니다! 장관!"
"……!"
물질을 하면서 고개를 돌려 달려오고 있는 함정들을 봤다. 일본 해군 함대의 함포 사정거리 안으로 조선군 함대가 들어오고 있었다.

아즈마의 카미무라가 즉시 포격 명령을 내렸다.

"놈들이 우리 사정거리 안으로 들어온다! 포격 준비!"

"회피하느라 대형이 깨졌습니다! 거리를 다시 재고 포각을 조정해야 됩니다!"

"그러면 신속히 조준해서 쏴! 놈들보다 우리가 먼저 발포해야 된다!"

"장관께서 최대한 근접해서 적중률을 높이라고……!"

"지금 아군 전투함의 수가 열세야! 장관의 전술대로 상대할 수 없어! 속히 조준해서 발포하라!"

"알겠습니다!"

"함대 결전으로 놈들을 깨부숴야 해!"

토고가 지시한 전술을 카미무라가 임의로 바꿔서 싸우려 했다.

어뢰를 피한 일본군 함정들이 다시 대형을 갖추고 신속히 포 각을 조정하기 시작했다.

그리고 준비가 되자마자 최대사정거리에 걸린 조선군 함대를 향해서 발포했다.

육중한 함포에서 불꽃이 크게 일어나면서 천둥소리가 일어났다.

굉음이 하늘을 갈랐고, 조선군 함대 주위에서 물기둥이 치솟았다.

피격된 함정은 단 한척도 없었다.

"2격 준비!"
"재장전!"
"다시 조준해서 쏴라!"
카미무라의 재포격 명령이 미처 전해지기 전이었다.
조선군 함대에서 불빛이 번쩍였다.
관측을 벌이던 장교가 크게 외쳤다.
"적 함대 발포! 놈들의 함포탄이 옵니다!"
직후, 소름 돋는 굉음이 하늘과 함교를 가득 채웠다.
'쾅!'하는 소리와 함께 아즈마의 함체가 크게 요동쳤다.
그와 함께 주위 장갑순양함과 방호순양함들도 들썩이면서 붉은 화염을 터트리고 검은 연기를 피워 올렸다.
물기둥의 수보다 피격된 일본군 함정들의 수가 더 많았다.
재장전을 벌이고 포격을 준비하던 일본군 함대가 정지했다.
혼란에 빠진 채 어떤 대응도 할 수 없었다.
큰 충격 속에서 제정신으로 싸울 수 있는 자는 아무도 없었다.
'5인치 함포가 이렇게 멀리 포탄을 쏘아 날린다고……?!'
"……?!"
믿을 수 없는 일이 벌어지고 있었다.
거포로 무장한 일본군 함정들에 비해 조선군 함대는 전

함마저도 5인치 구경에 불과한 함포를 주포로 무장하고 있었다.

당연히 8인치 함포로 무장한 일본 함정들보다 사정거리에서 뒤처져야 함이 마땅했다.

그러나 어째서인지 최대사정거리보다 훨씬 근접해서 정확히 쏘는 것 같아 보였다.

조선군 함대의 포격이 다시 이뤄지려고 했다.

이원회의 매서운 눈길이 일본군 함대로 향해 있었다.

첫 포격을 무사히 마친 조선 장병들이 두려움을 떨치기 시작했다.

장병들은 가슴을 쓸어내리면서 긴장을 풀었다.

"주… 죽는 줄 알았네……!"

"놈들의 최대사정거리라고 하잖아. 그래서 적중률이 별로인 거야. 우리 함포 사정거리에 비해서는 딱 중간이지만 말이야. 이제, 놈들의 함정 중 반이 꺾여나갔으니 일반적으로 때리기만 하면 돼."

"이런 결전을 준비하신 제독님께서도 정말 대단하신 것 같아!"

조금 전 적의 포격에 피격될 뻔했다.

주위에서 솟구치는 물기둥을 보고 혼례도 못 치러보고 총각 귀신이 되는 줄 알았다.

그러나 적을 충분히 이길 수 있다는 자신감을 얻었다.

첫 포격에 일본군 함대가 큰 피해를 입은 것에 대해서 모두가 환호했다.
이미 승전을 취한 것처럼 사기가 폭발해 함성이 일어나고 있었다.
기동함대 지휘부의 통신장인 이태성이 해군참모총장인 이원회를 보좌하면서 보고하고 있었다.
"돌격 중이던 적 어뢰정들을 부포로 전부 격침시켰습니다. 그리고 적 기함을 공격한 충무공이순신함이 돌아왔습니다."
"충무공의 명성에 걸맞은 활약을 펼쳤군."
"예. 제독. 놈들의 전력 중 반 이상이 꺾여나갔습니다."
"학익진으로 적 함대를 섬멸한다. 놈들의 군함을 이 바다의 어초로 만들어라."
"예! 제독!"
명령을 전해 받은 이태성이 신호병들에게 진형 변경을 전달하라고 지시했다.
그리고 수기가 견시와 갑판에서 휘둘러졌다.
수신호를 확인하고 기함에 걸린 깃발을 확인했다.
2전단을 지휘하는 이범윤이 즉시 휘하 전대장들에게 지시를 내렸다.
"학익진이다! 학익진으로 성진하라!"
"적의 최대사정거리에 맞춰서 거리를 유지해 기동하라!"
함께 2전단 기함에 승함해 있는 이강이 함장들에게 명령을 내렸다.

그는 2전단 전함 전대장이자 기함인 주몽함의 함장이었다.

주몽함을 선두로 2전단 함정들이 장사진을 이루며 날개를 펼치기 시작했다.

3전단 함정들이 반대편에서 횡렬 대형을 취하며 날개를 펼쳤다.

단군함과 1전단 함정들은 가운데 조선군 함대를 맡게 되었다.

그리고 그 움직임을 토고가 보게 되었다.

부유물에 매달린 상태로 단 한명이라도 자신의 외침을 들어주기를 바랐다.

토고는 목에 힘줄을 세우며 피를 토하듯이 간절한 마음으로 소리를 질렀다.

"놈들이 학익진으로 대형을 변화시킨다! 대형을 갖추기 전에 후퇴하라!"

"장관! 아군 함정들이 적의 대형 변화를 막으려고 진격합니다!"

"아… 안 돼!"

학익진으로 진형이 바뀌고 있다는 것을 다른 장교들도 알고 있었다.

취약해 보이는 날개 쪽을 향해서 아직 싸울 수 있는 함정들이 달리기 시작했다.

그리고 조선군에게 포격을 가하고, 또 역으로 포격 받으면서 피해를 입었다.

결국 멀쩡했던 함정들도 해를 입어서 멈추게 됐다.

중앙에 있던 함정들은 발악하듯이 함포를 쐈고, 역풍에 포탄이 휘말리면서 최대사정거리에 못 미치는 바다에 떨어졌다.

다수의 물기둥이 솟구쳤다.

학익진을 완성시킨 조선군 함대가 함 측을 적에게 노출시키고 전 포구를 조준했다.

18km에 달하는 최대사정거리를 지닌 5인치 함포로 적을 궤멸시키려고 했다.

1전단 순양함 전대를 김창수가 지휘하고 있었다.

전대 기함인 한성함에서 김창수가 적 함대를 노려보며 명령을 기다렸다.

수기 신호를 확인한 전대 통신장이 즉시 보고했다.

"단군함이 포격하면 전 함정 일제 포격이라고 합니다!"

"순양함 전대! 포격 준비!"

천둥소리가 일어났다.

"단군함, 발포!"

"우리도 쏜다! 발포!"

김창수의 명령과 함께 순양함 전대에서도 함포 발포가 이뤄졌다.

긴 5인치 함포가 불꽃을 터트리면서 크게 뒤로 후퇴했

다.

그리고 포구에서 튀어나간 육중한 포탄은 10km의 하늘을 가로질러 적 함대의 머리 위로 떨어졌다.

함교가 피격되고 갑판이 쪼개지면서 측면 장갑이 깨져버렸다.

배 위보다 바다 위가 안전할 지경이었다.

"놈들이 쏩니다!"

"세상에, 어떻게 이런 거리를……!"

"야쿠모! 아즈마! 피격! 응전 중!"

"아군 포탄이 닿지 않습니다! 카사기 함교 피격!"

"놈들의 포격에 아군 함대가 속수무책으로 당하고 있습니다!"

모든 함정의 함교에서 절규가 울려퍼졌다.

갑판 위로 장병들이 아우성치며 이리저리 뛰고 있었다.

그리고 침몰하는 함정을 버리고 바다 위로 몸을 투신하는 장병들이 있었다.

그 모습이 토고의 눈동자에 새겨졌다.

어떤 말로도 변명할 수 없는 궤멸적인 패배였다.

그 사실이 믿기지 않아 주변에서 일어나는 폭발조차 아무렇지 않게 여겨졌다.

쓰러지는 함정의 잔해물이 파도를 크게 일으켜도 당황하지 않았다.

아니, 그럴 수 없었다.

적에 대한 두려움도, 아군에 대한 간절한 소망도 가질 수 없었다.

그저 아무생각 없이 조선군 함대를 바라볼 뿐이었다.

그렇게 일본군 연합 함대가 대마도 근해에서 궤멸했다.

무수한 부유물과 장병이 바다 위를 가득 채웠다.

그리고 충무공의 후예에 맞섰던 왜적들이 소탕됐다.

반파되어 겨우 바다 위에 떠 있는 함정들이 백기를 들었다.

그 모습이 단군함에 승선해 있던 기자들의 사진기에 담겼다.

"잘 찍혔소?"

"예! 제독! 아주 잘 찍혔습니다!"

1전단장인 이동휘의 물음에 기자가 힘차게 답하면서 승전을 증언했다.

직후 이동휘가 이원회에게 말했다.

"회항하셔도 될 것 같습니다."

"그래. 하지만 전장 정리는 확실히 해야지. 항복의 의사를 밝힌 적 함정들을 나포하고 해상에 떨어진 적군을 구하라. 마땅히 승리한 군대로서의 의무를 다할 것이다."

지시를 받고 이동휘가 크게 외쳤다.

"적군을 바다에서 구해내 포로로 삼는다! 백기를 올린 적함을 나포해 예인하라! 현 시각부로 교전을 중단한다!"

"와아아아아!"

“이겼다!”
“대조선국! 만세!”
만세와 함께 함가가 울려퍼졌다.
청나라를 상대로 전승했던 일본군 연합 함대를 궤멸시키고, 실로 동아시아 최강의 해군으로 거듭났다.
두손을 번쩍 들고 환호하는 수병의 모습이 기자의 사진기에 담겼다.
그리고 함박웃음을 터트리며 수병들에게 지시하는 장교와 냉정함을 잃지 않은 기동함대 지휘부 장교들의 얼굴이 사진기에 찍혔다.
조선군 해군 함정들이 다가오자 바다 위에 떠다니던 일본군 장병들은 크게 두려워했다.
그들은 자신의 목숨을 스스로 결정할 수 없게 되었다.
조선군이 총격을 가한다면 속절없이 죽임을 당할 수 있었다.
그러나 함 측으로 떨어진 그물을 보고 조금 안심하게 됐다.
“살고 싶으면 잡고 올라오라! 만약 저항하면 모두 죽일 것이다! 통제에 따라!”
조선군 통역병과 장교의 목소리가 울려퍼졌다.
일본군 장병들이 살기 위해서 그물 쪽으로 허겁지겁 헤엄쳤다.
그리고 그것을 잡고 낑낑거리면서 기어오르기 시작했

다.

물에 젖은 병사들이 갑판 위에 오르자 대기하고 있던 조선군 수병들이 소총으로 그들을 조준했다.

이어서 올라온 일본군 장교들에게도 총구를 조준했다.

단군함의 갑판장을 맡은 천군 출신의 강소이가 일본군 장교들에게 크게 소리쳤다.

"머리 위에 손 얹어! 허튼 수작 부리면 모두 쏴 죽이겠다!"

강소이의 외침을 통역병이 따라 크게 외치면서 통역했다.

그러자 갑판 위에 오른 포로들이 머리 위에 손을 얹고 덜덜 떨었다.

강단이 있는 장교들은 눈을 감으면서 비참함을 느꼈다.

토고에게 있어서 조선군 함대는 적 함대였다.

그는 살기 위해 적 함대로 오르는 부하들을 보면서 부유물을 놓고 바닷물 속으로 들어가려고 했다.

그때 그의 참모장이 옷깃을 잡았다.

"장관!"

토고가 미스에게 말했다.

"놓아라! 참모장!"

"그럴 수 없습니다!"

"해저에 차갑게 식어가는 부하들이 있다! 그들과 함께할 것이다!"

"이미 죽었습니다! 죽은 자가 아닌 살아 있는 부하들을 지켜주십시오! 적장에게 이를 요구할 수 있으신 분은 오직 장관뿐입니다! 그러니 사셔야 됩니다!"

미스의 이야기를 듣고 토고가 울컥하면서 눈물을 흘렸다.

산전수전을 모두 겪고 50세를 넘긴 장수가 어린아이처럼 울면서 부하들의 죽음을 크게 슬퍼했다.

그리고 살아 있는 부하들을 지키기 위해 미스와 함께 그물을 잡고 단군함에 올랐다.

오전에 전투가 벌어졌고, 오후에는 전장 수습으로만 시간을 보냈다.

토고와 미스를 비롯해 2함대를 지휘했던 카미무라도 조선군 함정에 올라 포로 신분을 받아들였다.

3전단이 대마도 근해를 지켰고, 1전단과 2전단은 가까운 부산항으로 향했다.

노을의 붉은 기운을 받으면서 승전한 기동함대가 멋들어지게 입항했다.

긴장 속에서 집에서 시간을 보내던 백성들이 항구로 들어오는 함정들을 보고는 밖으로 튀어나왔다.

그리고 만세를 크게 외쳤다.

"아군 함대다! 우리 함대가 들어오고 있어!"

"군함이 멀쩡한 것을 보니 이겼구나! 쪽발이 놈들을 상대로 이겼어!"

"청나라를 이긴 왜놈들을 상대로 이겼어!"
"대조선국 해군! 만세!"
"만세! 만세!"
"와아아아아~!"
항구에 있던 기자들이 신속히 사진을 찍었다.
환호하는 백성들을 배경으로 사로잡힌 포로들이 항구에 정박한 함정들로부터 내리는 것을 찍었다.
그중에 토고와 미스가 있었고, 일본 연합 함대 지휘부에 속한 다수 장교들이 있었다.
그들은 이내 조선군의 압송을 받으면서 대구에 마련된 포로수용소로 즉각 이송되었다.
기함에서 이원회가 내렸을 때, 산 위에 있던 부산 백성들이 환호했다.
"해군참모총장님이시다!"
"제독께서 기함에서 내리셨어!"
"조선 해군 참모청장님 천세!"
"천세! 천세! 천세!"
백성들의 환호에도 이원회는 기뻐하거나 가슴 벅차하지 않았다.
그저 자신의 할 일을 위해서 부산항 경무소로 향했다.
그리고 경무소장에게 승전을 알려달라고 말했다.
"포로 압송을 위해 가까운 부산항으로 왔소. 때문에 전하께 승전 보고를 알려드려야 하는데, 소장이 도와줘야 하오. 도와줄 수 있겠소?"

"물론입니다!"

"전하께 우리 해군이 완승을 거두고 적 함대를 전멸시켰다고 보고를 전해주시오. 그리고 나포된 적함을 부산항에 정박시키겠소."

"예! 제독!"

"이만 출항하겠소."

"예!"

이원회는 다시 전장으로 가기 위해 단군함으로 향했다.

그 뒷모습이 노장이라 하기에는 너무나도 위풍당당했다.

다시 단군함에 승함하는 이원회의 뒷모습이 기자들의 사진기에 담겼다.

부산 백성들의 함성을 뒤로하고 이원회와 기동함대가 대마도 해역으로 진격했다.

해군이 대승을 거둔 사실이 이희에게 전해졌다.

"해군참모총장이 일본군 연합 함대를 상대로 대승을 거뒀다고?!"

"예! 전하! 단순한 대승이 아니라 전멸시켰습니다! 나포한 함정 외에 모두 격침시켰습니다!"

"믿을 수가 없군! 우리 해군과 해군참모총장이 이길 줄은 알았지만 이 정도까지인 줄은 몰랐다! 혹, 교전 과정을 확인할 수 있겠는가?"

"아직은 확인할 수 없습니다! 하지만 단군함에 승함한 종군 기자들이 사진기로 찍었을 겁니다! 세상이 우리 군의 위용에 감탄할 것입니다!"

"오오! 드디어!"

김홍집의 보고를 듣고 이희가 주먹을 불끈 쥐면서 기뻐했다.

안보실장인 안경수와 특무대신인 장성호, 육군참모총장인 유성혁도 환하게 웃으면서 기뻐했다.

초전을 화려한 승리로 장식했다.

다음 전투가 기대됐다.

"해상을 장악하고 나면 그 다음은 상륙전인가?"

"예. 전하."

"전에 과인이 말한 대로 적지에 처음으로 상륙하는 해병대를 격려할 것이다. 친히 출정하는 상륙 부대의 사기를 고취시킬 것이야. 이를 군부대신에게 알리도록 하라."

"예!"

"이제, 조선은 제국을 표방하는 자들로부터 업신여김 받지 않을 것이다!"

위대한 승리를 직감했다.

그리고 곧 적지로 돌격할 해병대는 조선의 영웅이 될 것이라고 생각했다.

이원회의 해군 함대가 대마도 해역과 남해 동해를 장악하고 해안에 구축된 일본군 방어진지 공격에 나섰다.

일본군 해안 진지에서도 조선군 함대가 나타날 때마다 야포를 조준하고 방어전에 나섰다.

프랑스제 75mm 구경의 M1897 야전곡사포를 일본에서 생산한 31년식 야포로 대응했다.

포구를 드러낸 곡사포가 이내 불을 뿜을 준비를 하고 있었다.

해안 진지를 지키는 일본군 장병들이 크게 긴장했다.

"적 함대의 함포 구경은 5인치다! 때문에 사정거리가 우리보다 떨어질 것이다! 절대 먼저 포격하지 말고 적 함대가 근접할 때까지 기다려라! 단번에 섬멸해서 적 함대를 궤멸시킬 것이다!"

"예! 연대장님!"

31식 야포와 비슷한 사정거리를 지닌 함포의 구경이 7인치 이상이었다.

단순 수치 비교로 추측해서 조선군 함대의 함포 사정거리가 짧을 것이라고 생각했다.

그리고 해안에 모습을 드러낸 조선군 함대에 대해서 의문을 품었다.

'어째서 놈들이 여기에 나타난 거야?'

'설마 우리 함대가 잡아내지 못한 놈들인가?'

'토고 제독이 실수하실 분은 절대 아닌데…….'

일본 해군의 필승을 확신하면서 조선군 함대의 출현을 의아하게 생각했다.

그리고 포병연대장의 명령을 기다렸다.
방어전을 잘 준비한 일본군의 모습이 조선 기동함대 2전단장인 이범윤의 눈에 들어왔다.
주몽함 함교에서 망원경을 내리며 전함 전대장이자 함장인 이강에게 명령을 내렸다.
31년식 야포보다 5인치 함포의 사정거리가 월등했다.
“적의 화포 사정거리는 8500미터에 불과하다. 10킬로미터 거리를 유지한 채 적의 진지를 박살내라.”
“예! 제독!”
이강이 이범윤으로부터 명을 받아 포격 명령을 내렸다.
그러자 전함인 주몽함과 박혁거세함, 김수로함이 총 27문에 달하는 주포를 적지로 조준했다.
포 각을 조정하고 포탄을 장전시킨 뒤 사격 명령을 기다렸다.
이범윤이 한번 더 적지를 확인하고 명령을 내렸다.
“발포!”
“쏴!”
천둥소리가 일어나면서 3척의 전함이 크게 흔들렸다.
그와 함께 발포로 인해서 생겨난 충격파가 바닷물을 강하게 치면서 전함으로 밀려드는 파도를 다시 밀어냈다.
무수한 굉음이 별똥별이 된 것처럼 하늘을 갈랐다.
포격을 준비하던 일본군 진지로 무수한 포탄이 떨어졌다.

"아악!"
"놈들의 포탄이 아군 진지에 닿습니다!"
"엄폐! 엄폐!"
콰쾅!
"크악!"
절대 함포탄이 닿을 거리가 아니라고 생각했다.
그러나 그런 예상과는 다르게 2전단 함정들에 의해서 해안 진지가 박살나기 시작했다.
땅이 파이고 일본 장병들이 숙식하는 막사가 포탄을 맞아서 비산했다.
그리고 참호 속으로 떨어져서 몸을 웅크리고 있던 일본군 장병들을 사라지게 만들었다.
야포가 있던 곳에 포탄이 떨어져서 야포가 파괴되었고, 쌓여 있던 탄약이 유폭되면서 대폭발을 일으켜 주변 장병들이 크게 휩쓸렸다.
10킬로미터 밖에서도 맨 눈으로 불꽃 덩어리를 확인할 수 있었다.
화염이 치솟고 검은 연기가 하늘을 메웠다.
강화도에서 일으켰던 범죄를 몇 배로 되돌려줬다.
그러나 그것으로 만족하지 않았다.
일본군이 항복하거나 모든 진지를 부술 때까지 포성을 일으키려고 했다.
"침로를 남쪽으로 설정하고 진격한다. 적진지가 나타나

면 곧바로 포격해서 위협 요인을 제거한다. 경계를 철저히 하라."

"예! 제독!"

격파한 적진지를 뒤로하고 조선군 함대가 움직였다.

살아남은 일본군 병사가 검게 그을린 얼굴로 멀어지는 조선군 함대를 바라봤다.

눈앞에 펼쳐진 현실이 도저히 믿어지지 않았다.

"대체 무슨 일이 일어났던 거야……?"

"조선 놈들이… 우릴 이렇게 엉망으로 만들다니……."

허망함이 가슴 안에서 일어났다.

"연대장님… 흐흑… 흐흐흑……!"

기합을 받은 적이 많았지만 그래도 숙식을 함께하며 생사를 나누고자 했던 전우였다.

형제 같았던 자들이 죽자 전장의 패자들에겐 오열만이 남았다.

조선군은 언제든지 일본군을 짓이길 수 있다는 사실을 보여줬다.

일본의 본토가 포격 받고 있다는 사실이 태정관에 전해졌다.

해군대신인 야마모토가 먼저 급보를 받았다.

"지금 뭐라고 했나?! 연합 함대가 조선 놈들에게 대패했다고?!"

"예… 저… 전멸이라고 합니다……."

"전멸……?!"
"토고 제독과 다수 장병들이 포로로 생포되었다고 합니다. 조선 군함에 기자들이 타고 있어서 사진으로……."
"그럴 리가!"
"이미 외국 공사관에서는 조선이 승리했다고 믿고 있습니다. 신민들에게 그에 관한 소문이 퍼지고 있습니다……."
등골에서 식은땀이 흘러 내렸다.
당연히 일본군이 해상에서 이길 것이라 생각했다.
혹시나 하면서 생각했던 최악의 상황이 펼쳐지려고 했다.
보고를 받은 야마모토가 자리에서 벌떡 일어났다.
"총리대신을 만나고 오겠다! 절대 이 일을 다른 이에게 말해선 안 될 것이다! 알겠는가?!"
"예, 옛!"
황급히 나가 마차에 몸을 싣고 태정관으로 향했다.
그리고 그곳에서 일본 수뇌에게 큰 충격을 안겨주었다.
온전히 제정신을 유지하면 그것이 더 이상할 지경이었다.

* * *

조선에선 이미 신문을 통해 기동함대의 승리를 세상에

알리고 있었다.
"호외요! 호외!"
"우리 해군 함대가 대마도 근해에서 일본군 함대를 전멸시켰어요!"
"일본 연합 함대 사령 장관인 동향평팔랑이 생포되었어요!"
"호외요! 호외!"
신문을 가득 안은 아이들이 크게 외쳤고, 주변에 있던 백성들이 몰려들어서 신문을 달라고 아우성 쳤다.
영국 공사관원도 그중 한 사람이었다.
아이에게 조선 돈으로 값을 치르고 호외 신문을 받아 읽었다.
그리고 그는 이내 눈을 잔뜩 키운 채 공사관으로 와서 신문을 조던에게 보여줬다.
"이겼습니다! 결코 조작할 수 없는 증거가 이 신문에 담겨 있습니다! 보십시오! 공사!"
1등 서기관이 외출했다가 들어오면서 사온 신문이 집무실 책상 위에 놓였다.
조던이 그것을 당겨서 신문 신린 사진을 살폈다.
사진 속에는 격침당하는 일본군 전투함이 담겨 있었다.
그리고 다음 페이지에 갈가리 찢겨진 욱일기가 있었고, 그 다음 페이지에 포로로 생포되는 토고와 일본 해군 장병들이 사진 속에 담겨 있었다.

환호하는 조선 해군 장병들이 있었고, 또 한 사진에는 교전 순간을 찍은 사진이 담겨 있었다.

그 사진을 보고도 도저히 믿어지지가 않았다.

"일방적인 승리가 아닌가……?"

"맞습니다!"

"일본 해군이 어떤 해군인가, 비록 우리의 밥이 되었다고는 하지만 천년이 넘는 역사를 지닌 지나 제국을 상대로 이긴 문명국이다. 그런 나라의 해군을 고작 창설된지 5년도 안 된 군대가 이긴다고…? 그것을 내게 믿으란 말인가……?"

"믿으셔야 됩니다! 이 신문은 진짜입니다! 일본 해군 함대가 전멸했습니다, 공사!"

망치로 뒤통수를 맞는다는 느낌이 그런 느낌이었다.

신문에 실린 사진과 서기관의 말에 조던이 제정신을 차렸다.

조선이 일본을 상대로 이긴 것은 부정할 수 없는 진실이었다.

그러나 그것으로 인해서 더 큰 의문이 생겼다.

'대체 놈들이 어떻게 이긴 것이지?!'

전함이라고는 하지만 5인치 함포로 무장한 함정이었다.

그 함정이 어떻게 8인치를 넘나드는 일본군 함정들을 상대로 이겼는지 짐작되지 않았다.

그리고 그동안의 전략 방침을 바꿔야 한다고 생각했다.

변하지 않는 진실이 있었다.

"조선이 이기고 난 후에 나서면 늦는다! 당장 조선 외부 대신을 만나 조선을 지원하는 일에 협의해야 돼! 이제 동아시아의 최강국은 조선이다!"

"예! 공사!"

조선이 전쟁에서 거의 이겼다.

그런 확신으로 영국 공사관원이 급히 발걸음을 옮기며 조선 외부 관아로 달려갔다.

그리고 여태 취해오던 방관자의 위치를 벗어던지고 동맹으로서 조선을 적극 지원하기로 자세를 바꿨다.

영국이 그런 모습을 보이자 프랑스와 독일, 네덜란드 공사관들도 술렁이게 됐다.

그리고 조선 외부에서는 그들의 지원 의사에 대해서 감사하면서도 절대 쉽게 그것을 받아들이지 않았다.

공사들이 떠나고 외부에서 한바탕 크게 웃음소리가 터져 나왔다.

"통쾌하군! 놈들이 우릴 그렇게 무시하면서 동맹이란 놈들도 발을 빼고 있었는데 말이오! 이제 우리가 이길 것 같으니 알아서 지원해주겠다 나서니, 마치 우리에게 조공을 바치는 것 같소!"

"그러게 말입니다."

"절대 놈들의 지원을 쉬이 받지 않을 것이오! 지원을 받아서 놈들이 생색내지 않도록 만들 것이오! 그리고 오히려 받아주지 않음으로써 놈들을 더욱 안달 나게 만들 것이오! 정말 천지개벽이 따로 없소! 껄껄껄!"

이범진이 그토록 통쾌하게 웃는 것을 본 적이 없었다.

그의 웃음을 보면서 장성호도 통쾌한 순간을 만끽했다.

그러나 아직 완전한 승리를 이룬 것은 아니었다.

"명일 전하께서 부산항으로 행차하셔서 출정식을 거행하실 겁니다."

적지에 깃발을 꽂아야 진정한 승리였다.

그리고 처음으로 적지에 돌입할 부대가 부산항에서 출정하려고 했다.

부산항 주위를 육군 장병과 경찰로 호칭을 바꾼 순사들이 벽을 세워서 지키는 가운데, 백성들이 출정식을 보기 위해 몰려들었다.

그들은 부산항 주위를 감싸고, 심지어 산 위에까지 올라가서 출정식을 구경했다.

그런 가운데 이희가 탄 특별 열차가 부산항에 도착했다.

전시였기에 소총으로 무장한 근위대가 나와서 백성들 사이에서 길을 열었고, 열차에서 내려진 포드퍼스트에 이희가 승차했다.

항구 하역장에는 만명에 이르는 해병대 장병들이 모여 있었다.

이희는 차에서 내린 뒤 앞에 세워진 단상에 올랐고, 백성들과 장병들로부터 환호를 받았다.

만세 소리가 끊임없이 울려퍼졌다.
"만세! 만세! 대조선국 주상 전하 만세!"
출정식의 모든 모습이 신문 기자들이 든 사진기 속에 담기고 있었다.
그리고 이희가 묵직한 음성으로 입을 열었다.
모든 장병들과 백성들에게 왕의 목소리를 전달하기 위해서 목청 좋은 관리와 장교가 크게 외쳤다.
장병들의 심장이 크게 울리고 있었다.
"1500년 전의 일이다! 1500년 전의 고려 삼한은 문명국 중 문명국이었고, 일본은 원주민이 살며 국가조차 이루지 못한 미개한 땅이었다! 그런 땅에 삼한 백제의 왕인이 천자문과 논어를 가지고 도해했으니, 일본의 문명은 당연히 그때부터 시작되었다!"
자리에 모인 이들은 침묵하며 이희의 목소리에 집중하고 있었다.
"우리는 고려 삼한의 후손이며 백제의 후손이기도 하다! 때문에 일본의 스승이며, 일본인들의 어버이다! 혈통적으로도 북쪽에서 우리 선조가 이 땅에 내려와 터를 잡고, 일부 후손이 바다를 건넜으니! 우리가 그들보다 먼저지, 그들이 우리보다 먼저라고 말하겠는가?! 아비로서, 형으로서 자식과 동생을 귀하게 여겼음에도 그들은 임진년에 우리에게 칼끝을 겨누고 조총을 조준하고, 끝내 전국을 초토화시키면서 그들의 야망을 이루려고 했다. 그리고 강화도에서 포구를 조준했던 즉, 그것이 배은망덕하지 않고 패륜적이지 않다고 말할 수 있겠는가?!"

백성들과 장병들은 이희의 연설에 동의하는 듯 세차게 고개를 끄덕였다.

"이제, 우리가 그동안 겪어왔던 수모를 되갚아줄 것이다! 대조선국 국군 해병대가 선봉이 되어 적지에 태극기를 꽂고 돌파구를 열 것이다! 치열한 상륙전을 벌이는 동안에 전사자와 부상자가 생길 수도 있다. 그러나 그 죽음과 장애는 단순한 죽음과 장애로 끝나지 않을 것이다! 이 자리에 선 자들 가운데 어느 누구 하나도 영원히 살지는 못하리라! 과인도 언젠가 죽을 것인 즉, 살고자 하면 죽을 것이고 죽고자 하면 영원히 살 것이다! 조선을 지키기 위해 전사하는 자! 이 세상이 종말 하는 순간까지 기억되리라! 전사자의 가족은 나라에서 끝까지 살필 것이며, 전장에서 사지를 잃은 부상자는 반드시 나라에서 그와 가족을 국가 영웅으로 받들 것이다! 대조선국 국군 해병대에게 영광 있으라! 제군들이 곧 조선의 위대한 역사를 이루리라!"

"와아아아~!"

"대조선국 만세~!"

장병들 중에 눈물을 흘리지 않는 장병들이 없었다.

사지가 끊어지는 불구를 얻더라도 영웅으로 여김 받을 것이라는 말에 크게 감격스러워했다.

해병 1사단에 특별한 장교가 배속되어 있었다.

그는 육군사관학교에서 뛰어난 성적으로 훈련을 이수하고 해병대로 보직을 옮겨서 1개 중대를 이끄는 자였다.

세자의 직책을 벗어던진 이척이 단상 위에 있는 이희를 바라보고 있었다.

그런 자식의 시선을 이희 또한 느끼고 이척을 바라봤다.

두 사람의 시선 속에 수많은 이야기가 담겨 있었다.

'백성을 위해 절대 살려고 하지 마라.'

'예. 아바마마. 소자, 반드시 앞에 서서 이 나라 백성들을 이끌겠나이다.'

자식의 결의를 확인하고 전장으로 떠나는 장병들의 얼굴을 확인했다.

얼굴에서 감동을 지우고 죽기를 각오하며 적을 상대로 이기겠다는 독한 마음만이 남았다.

나라와 왕실과 백성과 가족을 위해, 목숨을 바쳐서 싸워 이기려고 했다.

그 의지에 해병 1사단을 맡은 박정엽도 함께 동참했다.

그는 이희에게 경례하며 그 의지를 신고했다.

"필승!"

"필승!"

"반드시 싸워 이기겠습니다!"

군복을 입고 철모를 쓴 이희가 거수경계로 답례했다.

그의 답례에 박정엽은 마치 이희의 장수가 된 것처럼 조선과 왕실을 위해서 싸우기로 했다.

그런 의지를 담고 돌아서서 장병들에게 승선을 외쳤다.

"승선! 1개 대대씩 승선하라!"

함성을 일으키며 좌측 대대부터 대열에서 이탈해 행진을 하기 시작했다.

징발된 화물선에 승선하기 전에 한바퀴 크게 돌면서 경찰들이 지키고 있는 낮은 벽 앞으로 향했다.

거기에 백성들이 모여 있었고, 그들 대다수는 해병대 장병들의 가족이었다.

부모들은 전장으로 향하는 자식에게 살아 돌아오라는 말을 하지 않았다.

"이기고 와라! 아비와 어미는 걱정하지 말고, 왜놈들을 뭉개버리고 오거라! 알겠느냐?!"

"예! 아버지!"

선봉군으로서 전장으로 향하는 자식의 명예를 지켜주려고 했다.

어느덧 성대한 출정식이 마지막에 이르렀다.

화물선에 승선한 해병대 장병들은 갑판에 서서 부두 위에까지 와 손을 흔드는 가족들에게 거수경례를 하며 마지막 인사를 전했다.

그리고 조국으로부터 멀어졌다.

멀어져가는 화물선들을 이희는 떨어지지 않는 시선으로 계속 쳐다봤다.

함께하고 있던 장성호가 경의를 표했다.

"세자 저하를 전장으로 보내실 줄은 몰랐습니다. 성은이 망극하옵니다. 전하."

그의 말을 듣고 이희가 왕실의 미래를 예언했다.

"대한민국이라는 나라에서 권력자들의 자식이 군대와 전장을 피할 때, 과인은 마땅히 세자를 내놓고 이 나라의 미래를 지킬 것이다. 이제부터 군과 전장에 자식을 보내지 않는 자는 한줌 권력과 돈 한푼도 얻지 못할 것이다. 이 순간부터 그리될 것이다."

"예. 전하."

솔선하여 권력자의 기준을 새로 정하려고 했다.

그리고 그런 이희를 조선 만민이 경외하고 존경했다.

해병대 1개 사단을 승선시킨 화물선 10여척이 기동함대의 호위를 받으면서 대마도로 향했다.

대마도는 임진년에 왜란이 일어나기 전만 해도 조선의 영토였고, '토요토미 히데요시'에게 대마도주(對馬島主)가 변절한 뒤로는 일본에 빼앗긴 상실한 땅이었다.

대마도를 수복하고 일본 본토로 상륙전을 벌이려고 했다.

* * *

부산에서 자식과 장병들을 출정시킨 이희가 한양으로 돌아왔다. 그리고 경복궁으로 환궁해서 한양의 가택에 연금

되어 있던 무쓰히토를 불러들였다.

근위병들의 압송을 받아 협길당으로 무쓰히토가 들어왔다. 방석이 깔린 좌석에 이희가 앉은 가운데, 역관을 통해 무쓰히토에게 말했다.

"앉지."

역관의 통역을 듣고 무쓰히토가 이희를 노려보면서 맞은편 방석 위에 앉았다. 그에게 이희가 해전에서 조선이 승리했다는 소식을 알려줬다.

"알려줄 것이 있다."

"뭘 말인가?"

"우리 해군 함대가 일본 해군 함대를 상대로 승리했다. 대마도 근해에서 결전을 치렀는데, 일본 함정들이 모두 격침되고 나포되었다는군."

"……."

"그래서 어제부로 대마도 점령전에 들어갔고 보고를 기다리고 있다. 아마도 또 승리해서 구주 상륙을 준비하고 있겠지. 그 사실을 알리기 위해서 널 불렀다. 지금이라도 늦지 않았다. 너의 용기로 일본 백성들의 생명을 구하라. 너와 네 군사가 지금이라도 항복한다면 교전을 중단할 것이다."

이희의 권고에 무쓰히토가 비웃었다.

"웃기지도 않은 말을 하는군. 지금 감히 짐의 함대가 미개한 조선군 따위에게 패했다고 말하는 것인가? 그 말을

지금 믿으란 말인가? 조선의 군주는 이리 어리석고 간사한 존재란 말인가? 네놈의 기만에 절대 속지 않을 것이니, 네놈이 짐에게 항복하라. 그러면 너와 조선 백성을 살려주겠다."

"어리석군."

"다시 그 말을 돌려주지."

이희의 경고와 권고에 무쓰히토가 살기를 품으며 반발했다. 언성을 높이지 않았지만 이희의 모든 것을 부정하며 저주했다.

그를 보며 이희가 오히려 입꼬리를 끌어당겼다.

그리고는 이내 미소를 지우고 근위대장에게 눈짓으로 명을 내렸다.

무쓰히토 앞으로 신문들이 놓였다.

"뭔가 이것은?"

"며칠 전에 발행된 신문이다. 어차피 조선말은 모를 테니 신문에 실린 사진만 보라. 그러면 과인의 말이 진짜인지 아닌지 알게 될 것이다."

"……."

"어리석은 행동과 선택을 하지 말라."

이희의 말에 무쓰히토의 시선이 아래로 떨어졌다.

한성일보와 광문일보 등의 신문 전면에 격침당하는 일본군 전투함이 있었다.

무쓰히토는 장을 넘겨서 다음 기사의 사진을 봤고, 떨리는 눈동자로 다시 다음 장의 사진을 봤다.
그리고 신문을 덮었다.
"어디서 감히 날조를……!"
이희가 비웃었다.
"결국 어리석은 선택을 하는군. 하지만 결국 알게 될 것이다. 과인이 한 말이 진짜라는 것을 말이다. 그리고 깨달았을 땐 지금의 선택 뿐만 아니라 지난 과거까지 후회하게 될 것이다. 과인은 네놈에게 자비를 베풀었다."
무쓰히토가 발끈했고, 이희가 근위대장에게 명했다.
"끌고 가라! 그리고 적이 더 이상 버틸 수 없을 때 다시 만날 것이다! 다시 만났을 때 일왕은 과인의 분노를 어떻게 풀어줄 수 있는지 고심하라!"
"네 이놈!"
"속히 과인의 눈앞에서 이자를 치우라!"
무쓰히토가 몸부림치면서 이를 갈았다.
그러나 이내 근위병들에게 제압당하고 협길당에서 강제로 끌려 나갔다. 무쓰히토가 끌려 나간 뒤 이희는 손을 오므렸다 펴면서 분기를 다스렸다.
잠시 후 장성호가 안으로 들어왔다.
"전하."
"왔는가?"
"일왕이 왔다고 들었습니다."
"해전에서 대승을 거뒀기에 항복권고를 했다. 하지만 여

전히 과인의 말을 믿지 않고 끝까지 버티더군. 조선을 얼마나 우습게 알았으면 그딴 행동을 보였을까 라는 생각을 했다. 과인이 경과 천군을 만나지 않았다면 놈이 이 나라 백성을 노리개로 여겼을 것이다. 그 생각을 하니 정말 화가 나서 미치겠더군. 이 나라가 강하다는 것을 친히 보여줄 것이다."

"예. 그렇게 될 것입니다."

"과인에게 보고할 것이 있어서 왔나?"

"예."

"어떤 보고인가?"

"대마도 점령에 성공했습니다. 3군단에 속한 1개 연대가 엄원에 도착하면 곧바로 해병 1사단이 재출진해 구주 상륙전을 벌일 겁니다. 내일 오전에 출진할 것입니다."

"불안요소나 변수는 없는가?"

"없습니다. 더 이상 일본을 돕는 나라도, 도울 수 있는 나라도, 발견하지 못한 적해군 함대도 없습니다. 그러니 반드시 승리할 겁니다. 나흘 뒤에 보고가 올라올 겁니다."

대마도 점령에 성공하고 큐슈 상륙을 준비했다. 부산포에서 징발된 화물선에 육군 병력이 승선하고 이즈하라에 도착했다.

그리고 후속 부대가 도착하자마자 해병대 장병들이 화물선에 몸을 싣기 시작했다. 화물선에 중대 병력을 승선시키면서 이척이 크게 외쳤다.

"출진 때문에 조식을 제대로 먹지 않은 것을 안다! 그러나 참아라! 우리는 적지에서 오찬을 즐길 것이다! 배고프면 전장에서 빨리 이겨! 알겠나?!"

"예! 중대장님!"

"우리가 제일 먼저 적지를 밟을 것이다!"

이척이 중대원들의 사기를 높였다.

함께 화물선에 승선해 적지를 향해서 달려가기 시작했다. 그리고 그들을 이원회의 기동함대가 호위했다.

옛 영토를 수복하고 일본 본토를 휩쓸려 했다.

그러나 선봉이 되는 해병대보다 먼저 적지를 밟고 부수는 자들이 있었다. 그들 또한 해병대였고, 하늘에서부터 강림한 자들이었다.

그들은 침묵의 암살자들이었다.

구주에 상륙하다

태정관에서 고성이 일어났다.

야마모토의 급보에 전 대신들이 태정관에 모여 기막힌 표정을 지었다.

"지금 뭐라고 했소? 연합 함대가 놈들에게 궤멸 당했다고?!"

"그… 그렇소!"

"청나라 북양 함대를 상대로도 압승했던 우리 함대가! 그때보다 더 강해졌는데 어떻게 조선 놈들에게 패할 수 있는 거요?! 절대 있을 수 없는 일이오!"

카츠라가 황당하다면서 야마모토에게 크게 외쳤다.

그리고 야마모터는 썩은 계란을 먹은 것 같은 표정으로 회의실에 모인 사람들의 눈치를 살폈다. 사이온지를 쳐다보면서 그가 증언해줄 것이라고 말했다.

"외무대신이 이 일을 알고 있소……."

"뭐요?!"

"우리 함대가 전멸한 것을 말이오… 이미 외국 공사관에서는 우리 함대가 대패한 사실을 두고 외교 전략을 어떻게 짜야 할지 논의하고 있소… 외무대신에게 물어보시오……."

모든 이들의 시선이 사이온지에게 향했다.

그리고 사이온지가 목구멍이 막힌 것 같은 모습을 보이면서 힘들게 입을 열었다.

"사실이오… 연합 함대가 궤멸했다는 소식이 새어나오고 있소. 조선 놈들이 우리 함대를 상대로 이긴 것 같소……."

"그럴 리가! 이런 똥같은! 절대 있을 수 없는 일이오!"

"맞소! 조선군이 아군을 이기다니!"

"그 미개한 나라의 군대가 어떻게 감히……!"

현실을 바로 보지 못하고 오직 일본의 승리만 있을 것이라고 스스로에게 세뇌를 걸었다.

야마가타도 그 사실을 두고 볼 수가 없어서 온몸으로 부정했다.

눈동자가 떨렸고 미간이 움찔했다.

그때 육군성의 참모가 회의실로 들어온 장교로부터 보고를 받고 얼굴이 사색이 되었다.

카츠라가 그의 반응을 보고 언성을 높이면서 물었다.

"무슨 일인가?!"

떨리는 목소리로 참모가 대답했다.

"쓰… 쓰시마가……."

"쓰시마가 뭐?!"

"쓰시마가 조선군에게 떨어졌습니다……."

"……?!"

야마가타가 참모에게 물었다.

"사실인가?!"

"예! 총리대신……!"

"그럴 리가! 조선 놈들이 어떻게 쓰시마를 점령한단 말인가?!"

"화물선 10여척이 1개 사단 병력을 상륙시켰다고 합니다……!"

"뭐라고……?!"

"적 함대가 이즈하라를 향해 포격했다 합니다…! 놈들이 정말로… 우리 연합 함대를 상대로 이긴 것 같습니다……!"

"……!"

대마도가 점령됐다는 보고에 대신들의 표정이 납빛이 되었다.

정신이 아예 날아갈 지경이었다.

해군 함대가 궤멸했다는 이야기가 진짜인 것 같았다.

그 사실을 인정하지 않으면 더 큰 화를 불러일으킬 것 같았다.

"당장 전군에 해안 방어를 지시하시오! 당장!"

야마가타가 소리치면서 대신들에게 지시했다.

그리고 대신들은 정말로 큰일 났다는 생각을 하며 본토 방어에 만전을 기하기 시작했다.

해군 함대가 궤멸된 상태에선 모든 해안이 조선군의 진격로였다.

그중 가장 가까이에 위치한 북큐슈 일대에 조선군이 상륙할 가능성이 높았다.

상륙과 동시에 조선군을 격퇴시키고자 했다.

"적이 상륙하면 모든 총탄과 포탄을 퍼부어서 일거에 소멸시켜야 할 것이오! 이에 맞춰서 방어전을 속히 준비하시오!"

"예! 총리대신!"

육군경을 맡았던 야마가타의 지시를 카츠라가 받들었다. 그리고 그의 지시대로 조선군의 상륙을 대비하기 시작했다.

일본군이 조선군을 드디어 적수로 인정하기 시작한 가운데, 그들의 작전과 전술을 예상하면서 조선의 최선봉부대가 움직이기 시작했다.

해저의 암살자가 구주 해안으로 향하고 있었다.

* * *

"해안포가 보이는군."

"가까운 해안포부터 공격합니까?"

"아니. 눈에 보이는 것은 아군 함대가 충분히 정리할 수 있어. 특임대가 맡은 임무는 우리 함대가 어찌할 수 없는 적 포병을 제거하는 것이다. 그래서 이렇게 수송하는 거야. 특임대가 우리 군의 선봉이다."

"예. 함장님."

한줄기 빛조차 스며들지 않는 함교였다.

오직 전등만이 함교 안을 밝히고 있었다.

허윤이 부장과 함께 승함한 자들에 대해 이야기했다.

그들은 이토 히로부미와 이노우에 카오루를 처단한 자들이었다. 천군으로 불리는 자들이 충무공이순신함에 타고 있었다. 그리고 그들은 누구보다 먼저 적지를 밟을 자들이었다.

우종현이 분대원들에게 장비 점검을 지시했다.

"최종적으로 장비를 확인하겠다. 화기 확인."

"이상 무."

"탄약 상황."

"이상 무."

"스텔스 망토."
"이상 무."
"야간투시경과 조준경 상태 확인."
"이상 무."
"나머지는 각자 알아서 확인해봐."
"이상 없습니다. 지금 바로 적과 싸워도 됩니다."
"좋아."
부분대장인 탁현과 이승현, 김현진 등이 화기와 장비를 확인하고 이상이 없다고 말했다.
보통의 장병들과 전혀 다른 복장을 하고, 심지어 다른 무기, 장구를 착용한 대원들.
잠수정인 충무공이순신함의 장병들은 그들을 힐끔힐끔 쳐다봤다. 그리고 그들의 시선을 대원들은 신경 쓰지 않았다. 조선이 이기기 위해서는 특임대의 존재가 알려지지 않아야 했다.
설령 천군이라는 이름으로 존재가 알려지더라도 어떤 임무를 맡는 것인지에 대해서는 절대 발설하지 말아야 했다.
발설의 책임은 반드시 죽음으로만 치를 수 있었다.
그리고 불명예가 따를 수밖에 없었다.
잠망경으로 밖을 살피던 허윤이 장병들에게 정지 명령을 지시했다.
"정지!"
명령을 받고 항진하던 잠수정을 정지시켰다.

허윤이 하함 준비를 마친 우종현과 악수했다.
“수고해.”
“예. 함장님.”
“조선에서 보겠네.”
“예.”
종현이 허윤에게 거수경례를 했다.
그리고 대원들과 함께 사다리를 타고 부상한 충무공이순신함의 갑판 위로 올라갔다.
달빛을 받으며 버튼 하나를 누르면 펴지는 고무보트 위에 올라탔다. 그리고 노를 저으며 적지 해안에 닿아 은밀하게 침투했다. 그들은 버튼을 눌러서 보트를 접고 미리 상륙했다는 흔적을 지웠다.
구주 근해에 사령탑을 올렸던 잠수정이 사라졌고, 우종현의 특임대는 정보국에서 확보한 첩보를 토대로 먹음직스러운 사냥감을 찾아 나서기 시작했다.
구주 내륙에 해안을 조준하는 일본 야포들이 있었다.
달빛을 길잡이로 삼아 어두운 밤을 관통하며 적에게 다가갔다.
풀숲 사이에서 움직이는 일본군이 있었다.
—12시 방향, 적 포병 진지 확인. 적 1개 포대.
—90도 각도로 양각에서 공격한다. 스텔스 망토를 가동하고 야간투시경을 착용하라.
—알겠습니다.

100명가량에 이르는 적 포병 진지를 발견했다.
직각으로 공격해서 적이 엄폐할 수 있는 사각 지대를 지우려고 했다.
종현이 분대장조를 맡았고, 탁현이 부분대장조를 맡았다. 그리고 스텔스망토를 둘러쓰고 전원을 켜서 인기척을 나무와 수풀 속으로 완벽하게 은폐시켰다.
야간투시경을 헬멧에 장착하고 아무것도 모른 채 어둠 속을 걸어 다니는 일본군 장병들을 총으로 조준했다.
소변을 보던 일본군 병사의 이마로 총탄이 파고들었다.
푹.
"어……?"
푸푹.
"컥……."
함께 있던 병사의 동료도 총탄을 맞고 쓰러졌다.
10보 거리에 경계를 서다가 앉아서 조는 병사의 머리에도 소리보다 빠른 총알이 파고들었다.
그대로 목을 떨어뜨리고 영원한 잠에 빠져들었다.
진지를 지키는 모든 경계병들을 제거하고, 근처에 위치한 천막으로 종현의 특임대가 천천히 움직였다.
천막에 잠을 자는 적 장병이 있었다.
—천막으로 이동한다. 깨우지 않도록 조심해라.
—예. 분대장님.
침묵보다 고요한 발걸음이 일어났다.

천막으로 소총을 조준하고 천천히 걸음을 옮겼다.
그리고 천막의 막을 걷었다.
잠을 자고 있던 일본군 병사가 걷어지는 막의 소리에 깨서 눈을 떴다.
허공에서 천막의 막이 펄럭이고 있었다.
“갑자기… 바람이……?”
푹.
“어흑…….”
푸푹.
드드드득.
잠자던 곳이 곧 사지가 됐다.
천막 안이 피바다가 되면서 단잠에 빠져 있던 적 장병이 모두 목숨을 잃었다.
옆의 천막에서도 짙었던 숨소리가 지워졌다.
그리고 유령 같은 대원들이 천막에서 빠져나왔다.
해안을 향해 포구가 조준되어 있는 야포에 폭탄을 붙이고 쌓여 있는 포탄에도 폭탄을 설치했다. 그리고 적진에서 벗어나자마자 원격으로 폭탄을 터트렸다.
‘쾅!’ 하는 소리와 함께 검은 하늘 아래에서 붉은 화염이 솟구쳐 올랐다.
불길이 솟아올라 검은 하늘을 붉게 물들이면서 주위에 진지를 구축해뒀던 모든 일본군을 잠에서 깨웠다.
구주 방어를 책임지는 일본 육군 4군 사령관이 잠에서

깨어나 막사 밖으로 나왔다.

그는 붉게 물든 하늘을 보면서 심각한 표정을 지었다.

"폭발음이 들렸다. 저곳이 어디인가?"

"알아보겠습니다."

4군 사령관 '노즈 미치츠라'가 참모에게 물었다.

폭발이 일어난 곳을 참모가 알아보고 즉시 보고했다.

"하카타 해안을 조준하고 있는 포병진지라 합니다! 아군 포병 1개 포대가 무력화 되었습니다!"

보고가 끝나기 무섭게 보다 가까운 곳에서 폭발이 일어났다. 화염이 크게 치솟았고 그 불꽃의 끝이 잠깐 보였다가 사라졌다.

노즈의 어안이 벙벙해졌다.

"지금 대체……?!"

곧바로 급보가 전해졌다.

"다른 1개 포대의 포탄이 폭발했다 합니다! 아군을 몰래 공격하는 놈들이 있는 것 같습니다! 그렇지 않고서는!"

퍽!

"노… 노즈 대장……?!"

퍽!

"참모장까지?! 어서 빨리 저격수를 찾아!"

보고를 듣던 노즈의 머리가 터졌다.

이어 그의 참모도 총탄을 맞으면서 머리가 터졌다.

주위 군 지휘부 장교들이 소리치는 가운데, 일본군 장병들은 저격수를 찾으려고 사방을 뒤지기 시작했다.

그러나 찾을 수 없었다.

그 주변에 저격수는 절대 존재하지 않았다.

12.7mm의 대구경 총탄이 두 사람의 두뇌를 완벽히 파괴했다.

600미터 거리 밖에서 두 표적을 저격한 대원이 조준경으로 주위를 살피고 있었다.

그의 신체 또한 스텔스 망토로 가려져 있었다.

—적 4군 사령관 사살 성공. 참모도 사살했습니다.

—더 죽일 놈들은 있나?

—없습니다.

—그러면 철수하라. 적의 보급창에서 합류한다.

—수신.

무전 교신을 마치고 저격수인 정운이 자리에서 이탈했다. 그는 민자영을 구하려고 낭인들 앞을 가로막았던 이경직을 구한 대원이었다.

4군 사령관과 참모의 죽음에 구주를 방어하는 일본군 지휘부 장교들이 혼란에 빠졌다.

"어떻게 이런 일이……!"

누가 지휘를 맡아야 하고 어떤 자가 책임을 져야 할지 몰랐다.

그리고 그 상태로 새벽이 빠르게 지나갔다.

아침이 찾아오자 구주 방어를 책임지는 4군의 혼란이 수습되기는커녕 오히려 시간이 지날수록 가중되고 있었다. 대마도와 가까운 하카타 해안 근해에서 조선군 기동 함대가 모습을 드러냈다.

"조… 조선군 함대다!"

"조선군이 출현했다!"

"비상종을 울려! 어서!"

해변 뒤쪽 언덕에 세워진 망루에서 경계를 담당하는 일본군이 비상종을 울렸다.

요란한 종소리에 일전을 준비하던 일본군 장병들은 즉시 소총을 들고 참호 속으로 들어가서 해안 방어전에 나섰다. 하카타 해변을 지키는 연대장이 대대장들에게 지시를 내렸다.

"적 함대의 사정거리가 확보되면 아군 해안 진지를 향해서 포격할 것이다! 이때 반드시 참호 속에서 머리를 박고 버텨야 한다! 놈들의 포격이 끝나면 적 병력이 상륙할 것인즉, 적의 상륙이 끝날 때까지 절대 사격하지 마라! 작전대로 놈들의 상륙을 허용해서 포격을 포함해 화력을 총동원시켜서 단번에 섬멸할 것이다! 바다가 놈들의 퇴로를 막을 것이다!"

"예! 연대장님!"

"노출을 최소화하고 해변 뒤쪽 배후 언덕에서 매복하라! 이상!"

연대장의 이름은 '우츠노미야 타로'였다.
그는 미리 해안방어를 위한 작전 계획을 세워뒀다.
그리고 작전 계획대로 병력을 배치하고 참호를 깊게 파서 조선군 함대의 포격에 대비했다.
전투를 준비하면서도 계속되는 의문이 일어났다.
'대체 우리 연합 함대를 조선군이 어떻게 이겼단 말인가?!'
바다에서 조선군에게 패한 사실이 믿어지지 않았다.
그럼에도 육군성과 4군 사령부에서 내려진 방어 명령을 이행했다.
출현한 조선군 함대가 보다 접근해서 대형을 펼치는 동안, 해변을 방어하는 일본군 장병들은 긴장으로 가득 찬 참호 속에 위치하며 때를 기다렸다.
그리고 그들의 연대장이 토굴 속에서 방어전을 지휘했다.
조선군 함대의 포격을 기다렸고, 이어 펼쳐지게 되는 상륙전을 긴장되는 마음으로 기다렸다.
오직 화력집중을 통해 조선군을 격퇴시킬 수 있다는 믿음으로 두려움을 지웠다.
그때 사단 사령부에서 전령이 급히 달려왔다.
그는 연대 본부로 들어와서 다급한 표정으로 거수경례를 했다.
그 경례를 받고 우츠노미야가 물었다.

"무슨 일인가?"

숨을 고르지 못한 거친 목소리가 굴속에서 울려퍼졌다.

"사… 사단장님께서 전사하셨습니다!"

"뭐?!"

"군 사령관께서 참모장과 함께 밤에 저격 받고 전사하셨습니다! 그 보고를 아침에 받으셨을 때, 저격을 받으시고 전사하셨습니다! 현재 적 저격수를 수색 중에 있습니다!"

"맙소사……!"

상관인 10사단장인 '후시미노미야 사다나루'가 저격을 받고 죽었다.

그는 '친왕'이었으며 엄연히 황족이었다.

이어 우츠노미야에게 가장 중요한 비보가 전해졌다.

"아군 포병 부대가 궤멸했습니다! 때문에 적이 상륙했을 때 포격 지원을 벌일 수 없습니다! 놈들이 후방에 교란 부대를 침투시킨 것 같습니다!"

"……?!"

보고를 듣고 우츠노미야의 얼굴은 사색이 되었다.

그때 본부 밖에서 경계하던 장교가 크게 외쳤다.

"적 함대 포격 개시! 함포탄이 날아듭니다!"

멀리서 천둥소리가 들렸고, 이어 하늘을 찢는 굉음이 울려퍼졌다.

우츠노미야가 다급히 외쳤다.

"어… 엄폐! 적의 상륙이 끝날 때까지 절대 사격하지 마라!"

"알겠습니다……!"

상황이 바뀌었지만 바뀐 상황에 대응할 수 있는 작전이 없었다. 포격 지원이 없더라도 오직 소총과 기관총의 화력으로 상륙한 조선군을 격퇴시키려고 했다.

계획되어 있던 작전을 임의로 변경하면 그가 모든 오명을 져야 했다. 계속해서 해변과 뒤편 언덕에 포탄이 떨어졌다. 단군함 함교에서 이원회가 폭발하는 적진을 지켜보고 있었다.

"적진의 참호가 모두 무너질 때까지 계속 포격하라."

"예! 제독!"

때린 곳을 또 때리고 때리지 못한 곳을 세번째 포격으로 때렸다.

이후 네번째 포격과 다섯번째 포격이 이뤄졌다.

함포당 열번의 포격이 이뤄지고 나서야 상륙 지점에 대한 포격이 중단됐다.

이원회가 전 함대 함정들에게 지원 사격 준비 명령을 내렸다.

"포구를 적지에 조준하고 대기하라! 적이 고개를 들고 아군을 공격하기 시작하면 신속히 포격한다! 놈들에게 불의 응징을 가할 준비를 하라!"

"예! 제독!"

포각을 조금 높이고 포탄을 장전한 상태에서 대기했다.

그리고 기동함대가 호송한 화물선들이 천천히 해변으로 달리기 시작했다.

화물선 중에는 대한로드쉽에서 건조한 화물선이 있었고, 그 화물선들은 선수를 해변에 붙여서 문을 열 수 있는 화물선이었다. 항구가 없어도 충분히 사람과 화물을 내릴 수 있는 선박이었다.

그리고 그것들 외에 항구가 있어야만 하는 화물선들은 어뢰정과 작은 배들에 상륙 병력을 태우는 모선이 됐다.

수십척에 이르는 상륙정과 큰 화물선들이 해안을 달렸다. 그리고 선수를 해변에 붙였다.

문이 열리면서 어두웠던 화물칸에 햇빛이 쏟아져 들어왔다.

"중대! 나를 따르라!"

"와아아아아~!"

이척이 중대 병력을 이끌면서 제일 먼저 해변을 밟았다. 다른 중대와 함께 순식간에 해변을 점령했고 대대 본부가 상륙하기를 기다렸다.

적진이 있을 것 같은 언덕을 주시하며 경계하다 본부가 도착하자마자 진격 명령을 받고 천천히 언덕 방향으로 이동했다.

이척은 자세를 낮추고 앞장서서 중대원들을 이끌었다.

"중대장님……."

"뭔가?"

"저기 수풀이 이상합니다. 뭔가 작위적인 느낌입니다."

1소대장의 가리킴에 이척이 언덕에 세워진 수풀을 확인했다. 그리고 그 안에서 매서운 살기를 감춘 총구 하나를 발견했다.

이척이 1소대장에게 손짓을 하며 소곤거렸다.

"적의 매복이다. 수류탄을 투척으로 공격한다."

"알겠습니다."

요대 주머니에 넣어뒀던 수류탄을 소대장과 함께 꺼내 왼손 검지로 고리를 제거했다.

그리고 신관을 터트리고 2초동안의 시간을 쟀다.

시간이 되자마자 힘껏 수풀을 향해서 수류탄을 던졌다. 직후 곧바로 포복 명령을 내렸다.

"매복이다! 엎드려!"

쾅!

타타탕! 타탕!

"사격!"

폭발과 함께 수풀 사이에 숨어 있던 적 기관총 진지가 무력화됐다. 이어 언덕 위에 숨어 있던 다른 적이 소총과 기관총으로 사격을 벌이기 시작했다.

적의 공격이 시작되자 미리 엎드렸던 이척이 응전 명령을 내렸다. 그리고 미리 포복했던 중대 장병들이 번뜩이는 불빛을 향해서 총격을 가하기 시작했다.

그로써 교전이 시작됐다.

사격 명령이 있을 때까지 사격하지 말라던 계획이 무너졌다. 풀숲으로 엄폐된 관측소에서 그 모습을 지켜보던 우츠노미야가 급히 명령을 내렸다.

"어차피 적이 모두 상륙했다! 모든 화력을 동원해서 공격하라!"

"예! 연대장님!"

그 명령이 각 대대에 전해지고 휘하 중대로 전해졌다.

사격할지 말지에 대해서 갈피를 못 잡던 다른 일본군 장병들도 사격 명령이 떨어지자 일제히 방아쇠를 당기며 상륙한 해병대 장병들에게 총격을 가했다.

참호와 병력이 많이 상해 있었지만 적은 여전히 언덕 위를 점령한 채 유리한 고지를 지키고 있었다.

해변에 있던 조선군 장병들은 작은 엄폐물조차 없이 적의 집중 사격에 완전히 노출되어 있었다.

엎드려서 피탄 부위를 줄이는 것이 최선이었다.

적들과 가까이 있던 이척의 중대원들이 숨지고 있었다.

"컥……."

"상호야! 이런, 쪽발이 개자식들!"

탕!

"흑……!"

"분대장님!"

등과 허벅지, 어깨를 가리지 않고 적의 총탄이 날아들고 있었다. 그리고 일본군의 화력 앞에서 조선군 해병대는 고

개를 들 수 없었다. 땅바닥에 배를 바짝 붙이고 굴곡이 이뤄지는 땅에 몸을 숨기려고 안간힘을 썼다.

뒤를 살피던 1소대장이 이척에게 보고했다.

"대원들이 죽어가고 있습니다! 응전해야 됩니다! 기관총을 설치해야 됩니다!"

"기다려라! 지금 상황에서 기관총을 설치하면 사수와 부사수만 잃게 된다! 이제 곧 아군 함대의 포격이 시작될 거야! 포격이 끝나면 바로 언덕 위로 돌격할 거니까 저 언덕 경계선에 기관총을 설치하라!"

"알겠습니다!"

냉정함을 유지하고 중대원들을 지휘했다.

이미 다섯명이 전사했고, 여러 명이 총격을 받고 피를 흘리고 있었다. 그리고 사단 전체를 생각하면 최소 100명 이상이 전사한 것 같았다.

이를 악물고 적의 화력 앞에서 인내하면서 기다렸다.

그리고 마침내 천둥소리가 일어났다.

해상에서 불빛이 번쩍였고 하늘 위로 굉음들이 일어나 갈라지게 됐다. 이미 엎드려 있던 중대원들에게 이척이 한 번 더 크게 소리를 질렀다.

"고개 숙여! 우리 함대의 포격이다! 파편 맞고 죽기 싫으면 고개 들지마!"

"예!"

모든 중대원이 얼굴을 땅에 파묻고 폭풍이 지나가기를

기다렸다. 오직 이척만이 고개를 들고 적지가 무력화되는지를 살폈다. 몇 초 지나지 않아 산이 무너지는 소리가 일었다. 조선군 해병대를 공격하기 위해서 참호 밖으로 몸을 노출시킨 일본군이 포격에 휩쓸렸다.

비명소리조차 지르지 못할 정도로 맹렬한 포격이 일본군의 머리 위로 쏟아져 내렸다.

미리 함포가 조준되었기에 정확한 포격으로 언덕 위와 아래의 운명이 갈라졌다.

흙 파편이 이척의 얼굴과 투구 위로 튀었다. 그리고 검게 타버린 일본군 병사의 팔 한쪽이 날아들었다.

포격이 끝나자 귀를 찢던 폭음이 사라지면서 고요함이 찾아왔다. 더 이상 해병대를 향해서 총격을 가하는 일본군은 없었다.

제일 먼저 이척이 몸을 일으켰다.

"중대! 돌격!"

"돌겨억! 중대장님을 따라라!"

"와아아아아~!"

조선의 세자였다.

그가 왕자의 권위를 벗어던지고 만민의 전우가 됐다.

생사를 함께하며 누구보다 앞장서서 달리고 있었다.

그리고 장병들은 그와 함께하는 것을 영광이라고 생각했다. 힘차게 언덕을 밟고 일어서서 폐허가 된 적진지와 마주했다.

그 안에 신음하는 일본군 장병들이 있었고, 언덕 위로 오른 이척과 해병대 장병들을 보고 응전하려는 적이 있었다. 이척이 신속히 한쪽 무릎을 꿇고 적을 조준했다.

"사격 개시!"

그가 제일 먼저 사격을 가했고, 이어 1소대장과 따라온 소대장들이 소총 사격을 가했다.

징집된 병사들 역시 차례대로 언덕 위에 올라 총격을 했다. 맥심 기관총인 한 이식 기관총을 들고 뛴 사수와 부사수는 언덕 위에 오르자마자 신속히 총을 설치하고 방아쇠를 당겼다. 그리고 이척의 중대 외에 다른 중대도 언덕 위에 총탄을 쏘기 시작했다.

1개 대대가 언덕 위로 진격했고, 이어 다른 대대가 파도처럼 밀고 올라갔다.

해안을 지키는 우츠노미야가 그 모습을 지켜보고 있었다. 곁의 연대 참모가 분기 가득한 목소리로 외치며 보고했다.

"아군이 크게 밀립니다! 적 함대의 함포 지원에 황군이 크게 당했습니다!"

"야포 지원만 이뤄졌더라도……!"

"후퇴하셔야 됩니다! 본부가 위험합니다! 연대장님!"

눈물이 시야를 가리면서 얼굴을 적셨다.

상륙한 조선군을 궤멸시키지 못하고 오히려 반격당해 크게 피해를 입었다.

도망치는 일본군을 향해 조선군이 소총과 기관총으로 총격을 가하고 있었고, 쓰러져서 허우적거리는 병사를 향해 확인 사살까지 이뤄지고 있었다.

두손을 들고 항복의 의사를 명백히 밝힌 자들만 살아남을 수 있었다.

그 와중에 조선말을 알아듣지 못해서 통제를 제대로 따르지 않아 사살되는 자들도 있었다.

그 모습을 보고 한없는 슬픔이 밀려드는 것을 느꼈다.

치욕감이 그의 정신과 마음을 물들이고 있었다.

후퇴를 주장하는 참모에게 우츠노미야가 결의에 찬 목소리로 크게 외쳤다.

"이시무라!"

"예! 연대장님!"

"카이샤쿠를 부탁한다!"

"예……?!"

"할복으로 내 명예를 지키겠다! 도와다오!"

상관의 부탁에 참모가 흐느끼면서 대답했다.

"아… 알겠습니다……!"

"고맙다!"

그리고 우츠노미야가 부하들에게 후퇴 명령을 내렸다.

"내가 후퇴 명령을 내렸으니 내가 모두 책임지겠다! 속히 퇴각해서 다른 부대에게 조선군이 상륙한 사실을 알려라! 그리고 격퇴해야 할 것이다! 알겠는가?!"

"예! 연대장님!"
"어서 퇴각하라!"
"예……!"
우츠노미야의 명령을 부하들이 울먹이면서 받들었다.
그들이 떠나자마자 우츠노미야는 무릎을 꿇고 상의 군복을 벗었다. 그리고 허리에 차고 있던 칼을 참모에게 넘겨주고 단도를 뽑아들었다.
진격하는 조선군을 저주스러운 시선으로 쳐다보던 우츠노미야는 심호흡을 한 뒤 단도로 자신의 배를 찔렀다.
"큭! 크흑……!"
"연대장님……!"
"아… 아직…! 아직이다!"
손을 떨면서 뱃가죽을 뚫은 단도를 오른쪽으로 밀었다.
그러자 엄청난 고통이 밀려들면서 깊은 후회가 일어나기 시작했다. 밀려오는 아픔에 괜히 할복을 말했다는 생각까지 들 정도였다.
입에서는 비명에 가까운 신음이 터져나왔다.
그리고 옆에 있던 참모가 우츠노미야의 목을 향해서 칼을 강하게 내려쳤다.
퍽 하는 소리와 함께 어깨 쪽에서 상상할 수도 없는 통증이 밀려왔다.
우츠노미야가 울면서 칼을 내려쳤던 부하를 원망스러운 시선으로 쳐다봤다.

"죄… 죄송합니다…! 다시 치겠습니다……!"

어깨뼈에 걸린 칼을 뽑고 우츠노미야의 목덜미를 향해서 다시 칼을 내리쳤다.

그로부터 세시간이 지나서였다.

이척과 그의 중대원들은 관측소를 점령하고 상관이 오기를 기다렸다.

해병 1사단 본부가 해변에 상륙하면서 사단장인 박정엽이 장병들의 안내를 받아 관측소에 올라섰다.

그리고 보고 받은 적 지휘관의 시신을 확인했다.

전장에서의 경례는 상급 지휘관을 노출시키는 행위였다. 경례 없이 우츠노미야의 시신을 보면서 박정엽이 얼굴을 찌푸렸다.

"이놈, 대체 무슨 짓을 한거야?"

혐오스럽다는 반응을 보이는 박정엽에게 이척이 설명했다.

"할복입니다."

"뭐? 할복?"

"예."

"그, 명예 자결인가 뭔가 하는 것 말이냐?"

"예."

"단순히 배를 가르면서 자결하는 것 아닌가? 그런데 시체는 왜 이 꼴이야?"

황당하다는 물음에 이척이 손으로 선을 그으면서 대답했다.

"배를 가르는 자결은 맞습니다. 하지만 개착이라고 할복하는 자의 목을 쳐주는 것이 있는데, 목이 아니라 엉뚱한 곳으로 칼이 내려쳐져서 적 지휘관의 어깨가 쪼개졌습니다. 그리고 다시 목으로 내려친 듯합니다."

"보아하니, 목을 쳤어도 한번에 자르지는 못했겠군."

"칼솜씨가 형편없었던 것 같습니다. 때문에 매우 아팠을 겁니다. 저기 적장의 수급이 있는데 죽었을 때의 표정이 울상입니다. 괜히 자결했다는 생각을 하며 죽은 것 같습니다. 이것을 경외하는 일본인들의 심정을 모르겠습니다."

"나도 모르겠어."

박정엽이 고개를 끄덕이면서 이척의 말에 공감했다.

두 사람은 자결을 하더라도 배를 갈라 창자를 보이는 방식을 이해할 수 없었다.

아니, 이해할 필요가 없었다.

두 사람 뒤에서 시신을 멀리서 보던 병사 하나가 사실을 전했다.

"미친. 병신 새끼."

두 단어로 된 수식어로 모든 것을 표현할 수 있었다.

고개를 절레절레 흔들면서 우츠노미야의 망동을 혐오했다. 그리고 수습된 그의 머리를 보고 신분을 확인했다.

박정엽이 그의 얼굴을 알고 있었다.

'이놈이 우츠노미야 타로구나… 삼일 운동 후에 제암리 교회 학살 사건을 은폐시킨 놈이었지… 이제 그런 일이 발생하지 않지만 이 꼴이 된것을 보니 이놈이 어떤 놈인지는 알겠어. 조선을 위해 죽어야 할 놈이야.'

한번 만들어진 인성과 기질은 쉽게 변할 수 없는 것이다.

할복을 할 정도로 전형적인 일본 군국주의에 물들어 있는 인물이었다. 그런 인물은 나라를 위한다는 이유로 어떠한 불의라도 저지를 수 있었다. 후세에는 그가 쓴 일기가 발견되어서 어린 아이들까지 방화에 휩싸였다는 진실이 밝혀졌다. 그리고 그런 그가 하카타 해안을 지킨다는 첩보를 확인했다.

박정엽은 그를 반드시 죽여야 한다고 생각했다.

우츠노미야는 박정엽의 생각대로 절대 명예스럽지 않은 자결로 목숨을 잃었다.

그 시신을 수습하는 데에 있어서는 조선의 법을 따르고자 했다.

"일단은 급한 대로 적 지휘관의 시신을 수습한다. 또한 포로들을 해변으로 압송하라. 조선으로 보내 수용할 것이다."

"예! 장군!"

"적군의 반격이 일어날 테니 방어전을 준비해."

"예!"

우츠노미야의 시신을 거두고 옆에서 자결한 그의 부하의

시신도 함께 수습하라고 지시를 내렸다.
그리고 관측소에서 내려와 전장을 살폈다.
곳곳에 적의 시신이 널브러져 있었고, 심지어 보기 흉한 모습으로 흩어져 있었다.
해변으로 오자 적의 저항에 목숨을 잃은 안타까운 조선군 장병들이 있었다.
적의 총탄에 의해 숨졌기에 비교적 온전한 모습으로 고향으로 돌아갈 수 있을 것 같았다.
그것이 최선이었다.
“조선으로 잘 돌려보내주게.”
“예. 장군.”
화물선을 책임지는 선장에게 박정엽이 부탁했다.
준비가 되자 피격 부위를 붕대로 감은 전사한 장병들이 들것에 실려서 화물선에 오르게 됐다.
그들 한명, 한명 위에 태극기가 덮여져서 전사한 이들의 명예가 지켜졌다.
하카타 해변에 선수를 붙였던 화물선들이 부산항으로 돌아왔다. 부산항에는 언제나 사진기를 든 신문 기자들이 대기하고 있었다.
그리고 부산포에서 생업에 종사하는 백성들이 입항하는 화물선들을 보며 전승에 대한 기대감을 나타내고 있었다.
산이 항구 옆에 있어서 그곳에 오르면 언제든지 항구 안쪽이 보였다.

아이들은 산에 올라 벌레를 잡고 있었다.
한 아이가 검지를 들면서 크게 외쳤다.
"배가 들어온다!"
아이의 외침에 항구 주변 백성들이 술렁였다.
"배가 들어온다!"
"우리 군사들을 태우고 일본으로 향했던 화물선이다!"
"화물선들이 돌아오고 있어!"
행여 승전보라도 안고 돌아오지 않았을까 라는 생각을 했다. 그러면서 생업을 잠시 멈추고 정박한 화물선으로부터 어떤 사람들이 내리게 되는지를 지켜봤다.
항구를 지키는 육군 장병들과 경찰들이 화물선을 향해 달려갔고, 현문을 통해 내리는 사람들을 봤다.
그들은 조선 군복이 아닌 일본 군복을 입고 있었다.
그리고 머리 위로 손을 얹고 있었다.
그것을 보게 된 백성들이 크게 외쳤다.
"이겼다!"
"왜놈 포로들이다!"
"조선에 온것을 환영한다! 쪽발이 놈들아!"
"크하하하!"
"와아아아~!"
포로가 조선 땅을 밟은 것은 승전을 증명하는 것이다.
백성들은 함성을 지르며 환호했고, 하선하는 일본군 포로들을 향해 조롱을 던졌다.

조선 땅을 밟은 일본군 포로들은 불안 속에서 힘들게 걸음을 옮겼다.

조선군의 통제를 따르며 한곳에 뭉쳐서 무릎을 꿇었고, 자신들을 압송할 병력이 올 때까지 눈동자를 굴리며 눈치를 살폈다. 군복이 찢어지고 얼굴에 상처가 새겨진 모습이 누가 봐도 패잔병이었다.

그리고 그에 못지않은 사람들이 다리를 절룩이며 화물선에서 하선했다.

그들은 조선군이었다.

"뭐야……?"

"설마 우리 군사야……?"

"왜 저리 심하게 다쳤어?"

사진기를 든 기자들은 당혹감을 느꼈다.

해전에서 대승을 거뒀던 것처럼 해병대가 개선군이 되리라고 생각했다.

그러나 조선에 돌아온 자들은 부상자들이었다.

그들의 모습을 사진기에 담기가 너무나 힘들었다.

부상자 중 한 사람이 조선에 돌아왔다는 생각 덕분에 긴장이 풀렸는지 다리를 비틀거렸다.

그는 부상 부위가 악화되면서 앞으로 쓰러졌고, 주위 부상병들과 호송하던 장병들이 당황했다.

사람들이 급히 의원을 부르기 시작했다.

"출혈이야! 어서 의원을 불러!"

"예!"
긴급한 장면들이 기자와 백성들의 눈에 들어왔다.
그리고 쓰러졌던 부상자는 들것에 실리면서 근처 진료소로 급히 후송됐다.
그가 살지 죽을지 도저히 가늠되지 않았다.
기자와 백성들이 할 말을 잃은 가운데, 이어 화물선에서 내려오는 것들을 보고 놀라게 됐다.
그것은 승전이 아닌 전쟁을 상징하는 거였다.
"관이야……."
"설마 우리 장병들의 시신이 담긴 관이야……?"
"그렇지 않을까? 모두 태극기에 감싸져 있어… 사상자가 있는 것을 보니 전쟁은 전쟁인가봐……."
더 이상 개선군을 기대하는 함성과 환호는 없었다.
차가운 주검이 되어 조선으로 돌아온 장병들을 보면서 백성들은 진정 일본을 상대로 치르고 있는 것이 전쟁이라는 것을 실감했다.
독립을 지키기 위해, 자존심을 지키는 것이 아닌, 생존을 위한 숭고한 희생이자 어떤 식구에게는 크나큰 아픔이 되는 일이라는 것을 깨닫게 됐다.
그리고 그 일이 자신의 일이 될 수도 있음을 깨달았다.
전사한 장병들이 있다는 사실이 왕인 이희에게 보고됐다. 하카타 점령에 전사했던 해병대 장병들뿐만 아니라 대마도 근해에서 어뢰정으로 적 함대를 공격하다가 전사한 해군 장병들에 대해서도 보고를 받았다.

이희는 그에 관한 보고를 장성호로부터 듣고 앞으로 있을 조치에 대해서 물었다.

"저번에 정했던 조치가 뭐였었는지 과인에게 고하라. 부족함이 있는지 살필 것이다."

안경수와 김홍집이 함께하는 가운데 장성호가 전사상자들에 대한 예우가 어찌되는지를 알려줬다.

"우선, 부상자들에 대한 치료는 전부 나라에서 책임질 것입니다. 값비싼 수술비까지 조정에서 값을 치를 것이고, 전쟁에서 입은 부상 치료에 관한 약값도 보훈이라는 이름으로 조정에서 평생 부담할 것입니다. 그리고 장애등급에 따라 세금 면제와 철도 이용비 면제가 이뤄지며, 장애로 인한 불편을 최대한 덜어주기 위해서 보조 인력 지원과 바퀴의자나 버팀목 등의 지원이 이뤄집니다. 그리고 참전훈장 수여로 그 장애가 나라를 지킴으로써 얻은 장애임을 증명할 것입니다."

"전사자에 대한 예우는?"

"마찬가지로 참전훈장이 수여됩니다. 또한 나라를 위한 희생을 상징하는 의사 훈장이 수여됩니다. 유족의 의사에 따라 대전과 평양에 조성 중인 호국현충원에 안장됩니다. 그 외에 자녀 학비 전액 지원과 군부에서 정한 액수대로 양육비와 기초생활비가 지급됩니다. 나라에서 정한 교육서 구입에 대해서도 비용이 지급됩니다."

"후사 걱정은 따로 없겠군."

"예. 전하. 모든 것이 전하의 성은 덕분입니다."

"……."

"뭔가 부족한 것이 있으십니까?"

이희의 표정은 미묘했고, 장성호는 부족한 부분을 말해 달라고 말했다.

그 말에 이희가 자신의 생각을 밝혔다.

"혜택도 충분하고, 전사한 장병들의 명예도 지킬 수 있다. 그러나 과인은 특별한 것을 원한다."

"특별한 것을 말씀입니까?"

"그렇다. 특별히 나라를 위해 희생한 장병들을 기억하고 싶다. 전에 장병들과 백성들에게 약조했던 대로 말이다. 과인이 한 말에 위엄이 있다면 그만한 특별함이 있어야 한다고 생각한다."

그 말을 듣고 안경수가 말했다.

"비석을 세우시는 것은 어떻겠습니까?"

"비석?"

"전하께서 쓰신 휘호가 담긴 비석이라면 특별히 기억될 수 있는 것이라 사료됩니다. 성은을 베푸시면 백성들이 전하께 충성을 바칠 것입니다."

안경수의 말에 이희가 김홍집에게로 시선을 옮겼다.

"신 또한 동의합니다."

그리고 장성호를 쳐다봤다.

장성호는 고민하다 생각을 정리하고 이희에게 말했다.
"기념관을 세우시는 것이 어떻겠습니까?"
"기념관을 말인가?"
"예. 전쟁기념관입니다. 옛 조선조를 시작으로 지금의 조선 때까지 어떤 무구를 사용했고, 영토는 어떻게 변했으며, 선조들이 어떻게 나라를 지켰는지 그 기록을 남겨서 기념하는 것입니다. 그리고 전사자들의 이름을 기념관의 특별한 장소에 석판으로 새겨 넣는 것입니다. 어린 백성들에겐 좋은 본보기와 공부가 될 것입니다. 역사에 대한 지식과 조국에 대한 충성심을 함께 기르게 될 겁니다."
장성호의 이야기를 듣고 이희가 고개를 끄덕였다.
그와 두 사람에게 전쟁기념관 설립을 지시했다.
"이 나라의 모든 전사와 의사를 기억할 수 있도록 기념관 건립을 계획하라."
"예. 전하."
이어 주변 나라의 정세에 대해서 물었다.
"과인과 백성들의 군사가 연전연승하고 있다. 영길리와 불란서 등의 반응은 어떠한가?"
김홍집이 이희의 물음에 대답했다.
"이제 아군의 승리를 믿기 시작했습니다. 군과 함께 움직이는 신문 기자의 사진과 기사로 우리의 승리를 의심하는 것을 멈추고, 연일 우릴 지원하겠다면서 안달 나 있습니다. 하지만 전하께서 명하신 대로 그들의 지원을 계속 거부하고 있습니다."

"지원을 굳이 받지 않아도 아군이 이길 것이라고 본다. 하여, 아예 지원을 받지 않는다면 앞으로 어떻게 될 것이라고 보나?"

"일본이나 청나라에 건설된 서양 회사의 공장이나 상점을 조선으로 옮기겠다고 나올 수 있습니다. 식민지가 아니기에 조정에 세금을 제대로 바치겠다는 조건으로 허가를 요청할 겁니다. 하지만 신은 그때 전하께서 신중히 결정을 내리셔야 된다고 봅니다."

"어째서 말인가?"

"우리 상인들과 회사가 먼저 성장해야 됩니다. 조선 내 미국 회사야 조선 상인들을 적극적으로 돕고 있지만 그들은 다릅니다. 회사를 소유한 사람도, 경영하는 사람도 조선인이 아닙니다. 그들에게 백성을 고용할 수 있도록 허가를 내어주시면 조선이 강할 땐 그들이 알아서 머릴 숙이지만 약할 땐 그야말로 맹수가 될 겁니다. 상황에 따라 고용된 우리 백성들을 버릴 것입니다. 때문에 외국 회사를 들이는 것에 대해선 신중하셔야 됩니다."

"경의 말이 옳다. 그때가 되면 신중히 생각하고 경의 의견을 다시 구하겠다."

"성은이 망극하옵니다."

"계속해서 그들의 지원을 거부하라. 그저 우리가 일본을 공격하는 것에 대해서만 지지해달라고 전하라. 일본이 전쟁 구실을 만든 증거도 명백하니 말이다. 특히, 동맹 관계인 영국에게 이를 요구하라."

"어명을 받들겠습니다."

"금일 과인이 내린 조치를 모두 이행하라."

"예. 전하."

이희가 전한 명을 받들고, 세 사람은 각자 담당하는 위치로 돌아갔다.

안경수는 계속해서 총리부와 군부를 잇는 안보실에서 맡은 바 소임을 다했다. 총리대신인 김홍집은 이희의 어명으로 보훈청을 만들고 전쟁기념관 건립에 관해서 지시를 내렸다. 그리고 그를 장성호가 도왔다.

* * *

부상자들에게 있어서 가장 좋은 혜택은 그들의 사지를 하나라도 더 지켜주고 목숨을 지켜주는 것이다.

항구에서 쓰러졌던 병사가 부산항에서 가까운 진료소로 향했다. 상태를 살피던 의원이 심각한 표정으로 인솔 장교에게 말했다.

"여기서는 치료할 수 없을 것 같소! 빨리 다른 의원에게 보내야 하오!"

진료소장의 말에 장교가 다급한 목소리로 물었다.

"어디로 가야 하오?!"

진료소장이 대답했다.

"한양밖에 더 있겠소? 제중원에 김신이라는 교수님이 계시니 그분께 환자를 맡기시오! 그분께서 살릴 수 없으면 세상의 어떤 의원도 살릴 수 없는 거요!"

"알겠소!"

"서두르시오! 시간이 없소!"

제중원에서 교육을 받아 부산에서 진료소를 차린 소장이었다. 그의 이야기를 듣고 인솔 장교가 병사들과 함께 다시 들것으로 부상병을 올렸다.

그들은 부상병을 마차에 실어다 부산역으로 향한 뒤 기차를 통해서 한양에 도착했다.

그리고 미리 대기하고 있던 애리조나를 타고 제중원으로 갔다. 긴급한 환자였기에 부상병이 도착하자마자 소란이 일어났다.

김신이 일솔 장교로부터 부상병을 받았다.

"지금부터 제가 맡겠습니다."

"살릴 수 있겠습니까……?"

"모릅니다. 검사를 하고 수술에 들어가봐야 알 수 있습니다. 하지만 최선을 다하겠습니다."

"부탁드립니다. 선생님."

"예."

누군가의 소중한 자식이었다.

또 누군가에겐 소중한 아버지이자 지아비였다.

그것을 아는 인솔장교가 김신의 손을 잡고 간절한 소망을 전했다.

동현에게 김신이 지시를 내렸다.

"옆구리 쪽에 총상을 입었다가 치료받은 적이 있다고 하니까 거기부터 보고 혈압 상태와 혈액형을 확인해! 검사와 수술을 동시에 진행한다!"

"알겠습니다! 교수님!"

김신이 제중원에서 의사와 생도들에게 알린 특별한 용어가 있었다. 그것은 '골든 타임'이었고, 김신은 그 시간을 넘기지 않으려고 했다. 제발 넘기지 않았으면 하는 생각으로 마취 없이 부풀어 오른 배를 갈랐다.

그리고 피가 터져나왔다.

"이런……!"

"교수님……?!"

수술을 보조하던 이동현의 눈이 커졌다.

김신은 표정을 잔뜩 찌푸리며 검붉은 피가 뱃속을 가득 채운 것을 봤다.

어디에서 출혈이 일어나는지 알 수 없었다.

출혈 부위를 확인하기 위해서는 사람의 체온과 동일한 온도의 물을 부어서 피를 씻어내는 수밖에 없었다.

개복과 동시에 확인된 혈액형에 맞는 건장한 생도를 찾았다. 그리고 수술대보다 높은 침상에 눕히고 부상병과 그의 팔을 주사바늘과 관으로 이었다.

수혈이 시작되었고, 따뜻한 물로 뱃속을 씻어냈다.
그러자 피로 범벅됐던 장기들이 모습을 드러냈다.
김신의 미간에 크나큰 골이 생겼다.
"교수님."
"……."
"장기가 너무 많이 상했습니다."
"알아. 하지만 환자를 포기할 수 없네. 그리고 출혈 부위도 찾았어. 간으로 들어가는 간문맥이 찢어져 있어. 여기서 피가 새어나왔던 거야. 봉합을 실시하고 손상된 장기들을 절제할 것이네."
"예……."
괴사한 장기 조직이 너무나 많이 보였다.
간으로 들어가는 대정맥이 찢어져 있었고, 거기에서 새어나온 피가 복부를 채우고 장기를 압박하면서 혈액이 제대로 돌지 못해 송장처럼 파랗게 변해 있었다.
모두 잘라낸다면 결코 부상병이 살아남을 것 같지 않았다.
그럼에도 꼭 살리겠다는 의지로 간문맥을 봉합하고 괴사한 장기들을 절제하기 시작했다. 치명적이지 않는 선에서 최대한 많은 부위들을 절제했다. 그리고 수혈을 했던 생도가 다른 생도와 교대했을 때였다.
혈압을 확인하던 이동현이 크게 소리쳤다.
"교수님!"

"……?"

"혈압이 떨어지고 있습니다!"

"이런!"

바늘과 겸자를 놓고 상복부에서 일어나는 진동을 확인했다.

심장의 박동으로 꿈틀거리던 상체의 진동이 점점 옅어지고 있었다. 또한 진동의 폭도 급속도로 길어지고 있었다. 부풀어 올랐다가 내려가던 가슴이 점점 차분해졌다.

그리고 박동이 한순간에 멈췄다. 김신이 다급히 흉골 위에 손을 얹고 가슴을 누르기 시작했다.

몸을 튕기면서 부상병의 부활을 간절히 바랐다.

"흣! 흣! 흣!"

'제발……!'

수술실 내 의원들의 바람이 하나가 됐다.

부상병의 심장을 다시 뛰도록 만들기 위해서 김신이 소생술로 안간힘을 썼다.

그러나 한번 잠들어버린 심장은 쉽게 깨어나지 못했다.

이동현이 계속해서 혈압과 손목의 맥박 수를 확인했다.

그러기를 10분이 지났다.

끝내 부상병은 눈을 뜨지 못했다.

가슴에서 김신이 천천히 손을 뗐다.

그 손을 떼기가 너무나 망설여졌고, 실낱같은 희망이라도 붙잡고 싶었다. 그러나 떠나가는 생명줄을 더 이상 잡을 수 없었다.

동현이 김신의 처진 어깨를 보면서 안타까운 시선을 드러냈다.

"교수님……."

수술실 내 의사들도 처진 모습으로 김신과 사망한 부상병을 번갈아 쳐다봤다. 거칠게 숨을 쉬던 김신이 숨을 고르고 힘들게 입을 열었다.

"간호과장. 시각은?"

"오전 7시 19분입니다."

"7시 19분… 현 시각으로 환자 김윤성 일병이 사망함에 따라 수술을 중지합니다."

"……."

"개복 부위를 봉합하고 정리하도록 하지……."

"예……."

부상병의 사망을 받아들이고 수술실 정리를 지시했다.

더 이상의 수술과 장기 적출은 무의미했기에 열었던 복부를 다시 봉합하고, 복부에 묻어 있던 피를 마저 닦았다. 따뜻한 체온이 아직 남아 있었다.

수혈을 위해 수혈대 위에 누웠던 생도의 어깨를 김신이 두드렸다.

"수고했네."

"아닙니다, 교수님……."

죽은 사람도 살린다는 명의의 처량한 뒷모습을 생도와

의사들이 지켜봤다. 그리고 동현은 수술실을 마저 정리하고 밖으로 나와 김신을 찾았다.

부상병의 집이 한양이었는지 그의 가족이 군부의 알림을 받고 제중원에 와 있었다. 부상병을 후송했던 인솔 장교가 그 가족들을 데리고 김신의 앞으로 왔다. 사망한 부상병의 아비가 김신에게 자식의 상태를 물었다.

新 신조선 책기

있어야 할 곳으로 향하다

“수… 수술은요…? 잘 끝났습니까?”

“죄송합니다…….”

“죄송…? 서… 설마……?”

“최선을 다했습니다만 살릴 수 없었습니다… 죄송합니다…….”

김신이 허리를 굽히며 부상병의 아비에게 말했다.

부상병의 어미가 김신의 소매 자락을 잡았다.

“저… 선생님… 죽은 사람도 살리신다는 명의라고 들었습니다… 제 아이, 분명히 살아 있죠……?”

“죄송합니다…….”

“아니… 그런 말씀 마시고요. 제 아이 살아 있다고만 말씀해주세요… 수술 잘 끝난게 맞죠……?”

“죄송합니다…….”

“그런 말씀 마시라니까요… 흐흐흑…….”

“…….”

“제발 살려주세요, 의원 선생님… 흐흑…….”

부상병의 어미가 주저앉았고, 김신은 그녀의 손을 잡으면서 위로하기 시작했다.

남자는 태어나서 세번 운다는 가르침을 받았던 아비는 손으로 얼굴을 가린 채 곁에서 울고 있었다.

동현은 멀리서 그 모습을 지켜보았다.

그의 곁으로 의녀로 불리는 간호사가 와서 물 한잔을 건네주었다.

“……?”

“드세요. 그리고 고생하셨어요.”

“고마워.”

신약이 담긴 병을 깨트렸다가 의원에게 혼쭐 날 뻔했던 간호사였다.

그녀를 동현이 구했고, 물 한잔으로 보답 받았다.

동현에게 뭔가를 해줄 수 있었다는 생각에 의녀가 얼굴을 붉히고 또 다른 무언가를 기대했다.

그러다가 멀리서 울음을 터트리는 부부를 보았다.

앞에 서 있는 김신과 굳은 표정으로 그들을 지켜보고 있

는 동현의 얼굴을 보게 됐다.

혹시나 하는 생각으로 동현에게 물었다.

"혹시, 밤에 수술 받으셨던 부상병의 부모님인가요?"

"그래."

동현의 대답을 듣고 의녀의 얼굴에 당혹감이 서렸다.

수술실의 문이 열리고 하얀 천에 덮인 부상병이 나오자 동현과 그녀가 함께 물러섰다.

그리고 그것을 본 부부가 달려와서 천을 걷어내고 잠들어 있는 부상병의 얼굴을 감싸 안았다.

세상을 잃은 것 같은 크나큰 슬픔이 밀려들어왔다.

"윤성아…! 어떻게 이런 일이……!"

"아가! 어미다…! 일어나보렴, 아가……!"

두 사람을 보고 동현에게 물을 떠줬던 의녀가 눈물을 지었다. 다른 의사와 간호사들도 침통한 모습으로 그들을 지켜봤다. 나라를 위해 싸운 용사가 개선군이 되어 고향으로 돌아오는 일은 벌어지지 않았다. 그리고 김신의 손에서도 환자가 죽을 수 있다는 사실을 깨달았다.

자식을 붙잡고 있는 두 사람을 보다가 힘들게 걸음을 옮겨서 건물 밖으로 나서는 김신을 바라봤다.

곰방대를 꺼내 담뱃잎을 채우고 담배를 폈다.

옆에서 인기척이 일어나서 김신이 고개를 돌리자 어느덧 옆으로 온 동현이 물 한잔을 건넸다. 바짝 말라 있던 목을 축이고 동현이 하는 이야기를 들었다.

"상심하지 마십시오. 교수님."

김신이 고개를 가로저으면서 말했다.

"상심하지 않았어. 그저 자식을 잃은 부모가 딱할 뿐이지. 그리고 처음부터 살 수 없는 환자였어."

"맞습니다. 교수님께서는 정말로 최선을 다하셨습니다."

"그래. 하지만 앞으로도 이런 수술을 하게 된다면 결코 최선이라고 말할 수 없어. 왜냐하면 그 병사를 죽인 것은 전쟁이 아니라 골든타임을 넘겨서 수술할 수밖에 없는 환경, 그 자체이니까. 이 환경부터 바꿔야겠어."

곰방대의 담배를 모두 태우고 하얀 재를 땅바닥에 떨어드렸다.

그리고 걸음을 옮겼다.

"어디로 가십니까?"

동현의 물음에 김신이 대답했다.

"총리부. 이야기 좀 하려고. 장부장을 만나고 전하께 알현을 청할 생각일세."

밤새 수술했던 피곤을 잊고 마차에 몸을 실어서 총리부로 향했다.

동현은 그런 그를 보다가 제중원으로 들어갔다.

부상병은 이제 전사자로 바뀌었기에 군부에서 온 장병들이 그 시신을 수습했다.

그리고 전사한 병사의 부모가 장병들을 따라나섰다.

아마도 해병대에서 주관하는 장례식으로 전사한 병사의 장례를 치를 것 같았다.

주변에서 수군거리는 의사들의 이야기를 들었다.

"교수님께서 환자를 못 살리시다니……."

"그만큼 어쩔 수 없었던 거지. 이야기를 들어보니까 이미 가망이 없는 상태에서 제중원에 왔대. 교수님은 명의일 뿐이지 신이 아니야."

"우리가 그토록 듣던 골든타임을 넘긴 환자였어."

김신의 책임이 아니라는 것을 의사들도 알고 있었다.

그리고 그들의 이야기를 생도들이 듣고 있었다.

그러다가 죽은 부상병과 같은 다른 장병들이 있음을 알게 됐다.

"들었어?"

"뭘 말이야?"

"이번에 일본에 상륙해서 전투를 벌였다가 심각한 부상을 입은 장병들이 더 있다고 해. 부산포에서 온 동기에게서 들은 이야기인데 부상이 심각해서 결국 살릴 수 없는 장병들이 있었다나 봐. 교수님이 수술했던 부상병과 비슷한 상황이지. 그리고 부상당한 즉시 수술했다면 살았을 장병들도 있었다고 해."

이야기를 듣고 한 의사가 말했다.

"골든타임을 넘기지 않는다면 머리에 총알이 박혀도 사람을 살릴 수 있다고 교수님께서 말씀하셨어. 그러면 우리 장병들을 살리기 위해서는 전선에 반드시 의사들이 있어야 해. 수술 경험이 많은 의사들이 말이야. 우리가 전선으로 가야 해."

"옳소!"

"교수님을 뵙게 되면 꼭 말씀드리자고."

"그래!"

허망하게 목숨을 잃은 병사가 있었다.

그리고 그 병사는 어쩌면 전선에서 바로 수술을 받았다면 살았을지도 몰랐다.

자식을 품에 안고 통곡하던 부모의 모습을 기억했다.

제중원에서 의사들의 뜻이 모아지는 동안, 김신은 피로를 잊기 위해 커피를 잔뜩 마시고 장성호를 만났다.

그리고 이희를 알현할 수 있기를 청했다. 그는 어의이기도 했기에 언제든지 이희를 만날 수 있었다.

그런 그가 알현을 청하자 이희는 뭔가 중요한 이야기를 듣게 될 것이겠거니 예상했다.

협길당에서 김신을 만나 무슨 이야기를 하고 싶은지 물었다.

"과인에게 말하고자 함이 무엇인가?"

밤새 있었던 일을 김신이 이희에게 알렸다.

"김윤성이라는 성과 이름을 쓰는 일병이 어젯밤에 제중원으로 후송되어서 수술을 받았습니다. 상륙전에 참가했다가 부상을 입었던 부상병이었습니다. 보기에는 멀쩡하

게 보여서 조선에서 수술을 받을 요량으로 옆구리에 입었던 총상 부위를 지혈하고 귀국했다고 합니다. 그러다 갑자기 부산포에서 쓰러졌다고 하는데, 아마 식은땀을 흘리는 식으로 전조 현상을 보였을 겁니다. 그리고 오늘 아침, 수술 중에 결국 전사했습니다."

"……."

김신의 보고에 이희의 표정이 굳어졌다.

그의 아까운 백성이 목숨을 잃었다. 희는 안타까워하면서 죽은 부상병에 관한 이야기를 주고받았다.

"김윤성 일병의 부모는?"

"마침 한양에 거주하고 있어서 아침에 자식을 보고 통곡했습니다."

"안타깝군. 참으로 안타까운 일이다… 해서, 어떻게 되었나? 장례는 치러지고 있나?"

"해병대에서 시신을 수습했으니 곧 해병대장으로 장례가 치러지는 것으로 알고 있습니다. 문제는 앞으로 이런 장례가 치러져선 절대 안 된다는 것입니다."

"어째서 말인가?"

"수많은 환자들의 죽음을 목격하고, 또한 살려본 경험으로, 제가 집도했던 그 부상병은 반드시 살릴 수 있는 환자였습니다. 그러나 전제 조건이 있습니다. 골든타임을 넘지 않은 상황에서 수술을 벌이고 부상 부위를 치료해야 합니다. 그런 조건만 충족되면 머리에 총알이 박히고 관통상이 생겨도 살릴 수 있습니다. 때문에 전하께 감히 청을 드립니다. 장병들을 살리기 위해 일본으로 가겠습니다. 이를 윤허하여 주시옵소서.”

무릎을 꿇고 김신이 이희에게 청했다.

‘골든타임’이라는 단어의 뜻을 몰라 이희가 잠깐 물었고 이내 대답을 들었다. 그것은 사고가 발생했을 때 환자의 생사 여부를 결정지을 수 있는 중요한 시간을 뜻했다.

그리고 그 시간은 찰나에 불과했다.

김신의 이야기를 듣고 이희가 몇 가지 질문을 했다.

“어의가 없는 제중원의 빈자리는 누가 메우는가?”

“저 말고 실력 있는 의원들이 충분히 백성들을 치료할 것입니다. 그동안 조선 의원들의 실력이 일취월장했습니다.”

“전선으로 가면 위험하지 않겠나?”

“군 진료소가 위험해질 정도면 이미 패전 직전입니다. 그런 상태에서 위험하지 않을 곳이 어디 있겠습니까? 전장에서 희생을 감내하는 우리 장병들에 비하면 아무것도 아닙니다. 그리고 이번 기회에 전장에서 있을 수 있는 모든 부상에 대해서 치료법이나 수술법 같은 것을 제중원 생도들과 의원들에게 전수하고자 합니다. 평상시에도 수많은 임상을 경험하고 있지만 전장에서 입는 부상은 또 다릅니다. 제가 의원들과 생도들을 지도하겠습니다.”

“…….”

"윤허하여 주시옵소서. 전하."
김신의 이야기를 듣고 이희가 잠시 눈을 감았다.
함께 있던 장성호에게 따로 의견을 묻지 않았다.
그저 고민하면서 자신이 세운 신념에 걸맞은 결정을 내렸다.
"제중원에서 백성들을 치료하는 데에 있어서 크게 지장을 주지 않는 선으로 의원과 생도들을 차출하라. 그리고 부상병들을 돌볼 의녀들을 선발하라. 백성을 살리는 것이 과인을 살리는 것이다."
"성은이 망극하옵니다. 전하."
이희의 허락을 받고 김신이 감사를 나타냈다.
협길당에서 나온 이희는 장성호의 인사를 받으면서 곧바로 제중원으로 향했다.
그리고 명단을 작성해서 해당되는 의원들과 간호사들을 불렀다.
수술 중이거나 진료를 보고 있는 사람들은 따로 말하기로 했다.
그들에게 일본으로 향할 것임을 알려줬다.
"이런 연유로 일본에 가게 됐으니 갈 채비를 하게. 전선 가까운 곳에서 부상당한 장병들을 치료할 것이네."
"……."
"어째서 그런 표정을 짓는가?"
의사들이 놀란 표정을 지었고, 김신이 그들의 표정에 대해서 물었다. 그러자 의원들이 웃으면서 서로를 한번씩 쳐다보고 대답했다.

"안 그래도 저희들도 그런 이야기를 했습니다."

"어떤 이야기?"

"일본에 가서 부상당한 장병들을 치료하는 것을 말입니다. 교수님께서 말씀하셨던 골든타임을 지키려면 그 수밖에 없다 여겨집니다."

함께 미래에서 온 의사가 아닌 제중원에서 실력을 기른 의원이 나서서 김신에게 말했다.

그 말을 듣고 김신이 희미하게 미소를 지었다. 그리고 침울한 표정을 짓고 있는 젊은 의원들을 발견했다.

그들에게 침통한 표정을 짓고 있는 이유를 물었다.

"어찌 그리 울상인가?"

대답을 들었다.

"장병들을 위해서 저희들이 할 수 있는게 없어서입니다. 저희들도 전선으로 가고 싶습니다."

김신이 작성한 명단에서 이름이 빠진 의원들이었다. 고개를 가로저으면서 그들이 남아야 하는 이유를 알려줬다.

"부상병들을 살리는 것만큼이나 중요한 것이 이곳을 찾는 백성들을 치료하는 것이다. 둘 중 경중을 나눌 수 없으니 이곳에서 치료를 벌이고 수양하라. 그리고 다음에는 너희들이 전선에 가서 부상병들을 돌볼 것이다. 알겠나?"

"예. 교수님."

동현에게 김신이 간호사 선발을 맡겼다.

"간호과장은 함께 일본으로 갈 간호사들을 선발하시오."

"예. 교수님."

신속하게 준비해서 일본으로 향하려고 했다.

김신과 의사들이 수술을 위한 도구를 챙기는 동안, 동현은 함께 일본으로 향할 간호사 명단을 작성했다.

미래에서 온 간호사들을 반으로 가르고, 제중원에서 간호법을 배운 간호사들을 두 무리로 나눴다.

명단을 쓰다가 그를 따르는 간호사가 과장실 밖에서 외치는 소리를 들었다.

"과장님. 주사바늘은 얼마나 챙길까요?"

"적당히 챙겨. 전방에서 부족하면 후송 요청을 할거야."

"알겠습니다."

"잠깐 기다려. 페니실린 좀 확인해야겠어. 같이 가서 확인하지."

"예. 과장님."

큰 부상을 입거나 수술을 할 때 가장 필요한 약이 페니실린이었다. 항생제의 수량을 직접 확인하고 전선으로 가져갈 양을 확인할 생각이었다.

과장실에서 동현이 나왔을 때 그가 나오는 것을 지켜보던 의녀가 있었다. 그녀가 과장실로 들어가서 동현이 작성하던 명단을 확인했다. 그리고 옆에 놓인 필기구를 들고 명단에 자신의 이름을 써넣었다.

'김수민'이 그녀의 이름이었다.

동현으로부터 구함을 받았던 수민이 나가고, 페니실린을 챙긴 동현이 과장실로 돌아와 명단을 마저 작성하기 시작했다. 펜을 들고 몇 명의 간호사를 더 뽑아서 데려가려고 했다.

그때 명단 맨 아래에 쓰여 있는 이름을 확인했다.

"……."

침묵이 한동안 이어졌다.

가만히 앉아서 김수민이라는 이름을 확인하고 선을 그으려다가 아래에 필요한 간호사들의 이름을 써넣기 시작했다. 그리고 일본으로 향할 간호사들의 명단을 완성했다. 동현이 간호사들을 불러서 일본으로 향할 사람들이 누구인지 알려줬다.

"김상혁, 엄경호, 이승찬."

"예."

"일본으로 갈 거니까 짐을 싸라."

"예! 과장님!"

"그리고 안수현, 최란, 서진, 김수민."

"예!"

"라연, 김선, 김이현까지 짐을 싼다. 한시간 안에 준비해서 제중원 앞으로 모여라."

"알겠습니다!"

"……."

수민이 가장 큰 목소리로 대답했다.

동현은 그런 그녀를 가만히 쳐다보다가 자신도 짐을 싸야겠다는 생각으로 몸을 돌려 과장실로 향했다.

자신의 이름이 지워지지 않고 남았음에 수민은 가슴에 손을 얹고 안도의 한숨을 쉬었다.

그리고 함께 일본에 갈 수 있다는 사실에 기뻐했다.

그녀의 심장이 두근거리고 있었다.

'과장님. 제가 과장님의 수고를 덜어드릴 게요.'

마음과 생각이 따로 놀았다.

그녀가 진정 바라는 것은 동현을 돕는 것이 아니었다.

수민이 일본으로 가기 위해 짐을 싸기 시작했고, 멀리서 동현이 그녀를 지켜보고 있었다. 뒤에서 인기척이 일어나서 고개를 돌리자 김신이 서 있었다.

동현이 누구를 보고 있었는지를 확인하고 김신이 말했다.

"저번의 그 간호사로군."

"예……."

"혹시, 신경 쓰이나?"

"예. 신경 쓰입니다……."

"뭣하면, 사귀어보는 게 어떻겠나?"

"예?"

"사내에서 연애하지 않고 일만 똑바로 하는 것으로 말이야. 보아하니 자네도 저 간호사에게 마음이 있고, 저 간호사도 자네에게 마음이 있는 것 같던데.”

“…….”

“괜히 오지랖을 부린 듯하군.”

“아… 아닙니다.”

“이번에 전쟁이 끝나면 진지하게 고민해봐. 이곳에 왔을 때 자네 나이가 28살이었는데 어느덧 34살이 되었어. 비록 우리 할머니들이긴 하지만 결혼은 해야지.”

“…….”

“돌아갈 수 없다면 우린 여기서 뼈를 묻어야 해.”

처음에 왔을 때부터 그런 생각이 들었다.

어쩌면 조선에서 터전을 이루고 고국으로 여기며 후대 번영을 이루게 될 것이라고 말이다. 조선 시대에서 결혼하고 아이를 낳을 수 있다는 생각을 했다.

그렇게 생각하다가 김신에게 물었다.

“교수님은 결혼 안 하십니까?”

동현의 물음에 김신이 피식 웃었다.

“낼모레 50살인데 이 나이에 결혼하면 사람들이 비웃을 일이지. 그리고 나는 한번 경험했으니 됐어.”

“…….”

“경험해보지 못한 자네나 하게. 참으로 해볼 만하고 행복한 일이니까. 자녀를 보는 즐거움도 죽기 전에 반드시 경험해보아야 하네. 그러니, 망설이지 말고 남자답게 직

진하게. 덩칫값을 하란 말이야. 전쟁이 끝나고 좋은 소식이 있기를 바라겠네."

"예. 교수님."

"가세. 시간이 되었네. 우릴 필요로 하는 곳에서 사람들을 살리세."

"예."

준비를 마치고 제중원 앞에서 의사와 간호사들이 모였다. 그리고 군부에서 지원해준 애리조나에 의료 장비와 약병이 담긴 상자들이 실렸다.

제중원에 남는 의사와 간호사들이 잠시 자리를 비우는 사람들에게 강건하기를 소망했다.

"무사히 다녀오십시오."

"건투를 빌겠습니다. 교수님."

김신에게 수술을 받고 입원실에서 회복하던 환자들도 제중원 앞으로 나왔다.

가족의 부축을 받으면서 나와 김신의 손을 잡았다.

그들의 눈가는 촉촉이 젖어 있었다.

"저를 살리신 것처럼 우리 장병들을 살려주세요… 선생님……."

"예. 그렇게 하겠습니다."

"우리 조선을 지켜주십시오. 그것이 저희 병자들을 지켜주시는 일입니다."

"예……."

목에 십자가가 걸려 있었다.

아무래도 그 환자는 기독교인 같았다.

김신의 손을 잡고 짧은 기도를 했다.

그리고 전장으로 김신을 보냈다.

자신들의 치유는 온전히 제중원의 다른 의사들과 하나님께 맡겼다. 그저 일본으로 향하는 의사와 간호사들이 많은 사람들을 살려주기를 소망했다.

그렇게 포드퍼스트와 마차를 타고 서울역으로 향했다.

서울역에 도착한 그들은 곧장 부산포로 향하는 기차에 몸을 싣고 부산으로 갔다.

그리고 부산항에 도착했다.

화물선들이 정박해 있었고, 거기에 승선하는 장병들을 보면서 의사들과 간호사들이 입을 벌렸다.

마치 개미떼를 보는 모습이었다.

"저 장병들이 전부 일본으로 가는 거야?"

"대체 몇 명이지?"

"몇 만명은 되겠어……."

한번에 모두 탈 수 없었다.

때문에 첫번째가 아니라 두번째, 세번째에 승선하는 장병들은 미리 천막을 치고 몇 시간, 며칠동안을 기다리고 있었다. 소총으로 무장한 병사들이 있었고, 포병대에서 운용하는 화포가 마차를 통해 화물선에 실리고 있었다.

그리고 신관과 분리되어 있는 무수한 폭탄과 탄약을 가

득 담은 상자까지 보게 됐다.
그 모든 것이 일본으로 향할 예정이었다.
아무리 적이라도 해도 사람의 생명을 빼앗을 준비를 하고 있었다.
김신이 미간을 찌푸리며 그 모습을 바라보고 있을 때, 귀에 조금 익은 여인의 목소리가 들려왔다.
"교수님!"
"음?"
고개를 돌려 여인을 쳐다봤다.
그녀는 황록색으로 된 조선 육군 군복을 입고 있었고 군모를 쓰고 있었다.
그리고 머리카락이 남자처럼 짧았다.
화장기가 없었지만 아리따운 얼굴과 목소리로 여자라는 것을 알 수 있었다.
그녀는 이주현이었다.
"이분대장."
"어휴. 승차한지가 언제인데 아직도 그렇게 부르십니까? 계급장을 봐주십시오."
"오. 소장입니까?"
"예. 근위 1사단을 지휘하고 있습니다. 정말 오랜만입니다."
"오랜만입니다. 이장군."
여군의 상징이자 여자들에게도 총을 쥐어주면 나라를 지

킬 수 있다는 것을 알게 해준 사람이었다.

김신은 그런 이주현과 만나서 악수를 했다.

그녀를 모르는 제중원 의사들과 간호사들은 놀랄 수밖에 없었다. 그리고 을미년에 일본군을 궤멸시켰던 여군이 천군에 있었다는 사실을 기억했다.

그 일을 떠올리면서 모두들 수군거렸다.

"설마 저분이……."

"그래……."

사람들의 반응과 상관없이 주현과 김신이 자유롭게 이야기했다.

"이번에 일본으로 가십니까?"

"보시는 대로요. 제가 속해 있는 부대가 1군단이라 군단 전체가 일본으로 향합니다. 그리고 교수님께서 저희와 함께 가신다는 것을 들었습니다."

"골든타임을 지키려고 합니다. 조선에서 부상병을 치료하면 살 수 있는 부상병도 죽을 수 있습니다. 그래서 전방에서 치료하려고 합니다."

"든든하군요. 그리고 걱정됩니다."

"이장군과 장병들이 지켜줄 것이라 생각해서 저는 걱정하지 않습니다."

"하하하. 그렇네요. 제가 반드시 교수님을 지켜드리겠습니다."

"예. 장군님."

"시간이 되었군요. 일단 승선부터 하겠습니다. 나중에 일본에 도착해서 뵙겠습니다."

"예. 나중에 뵙겠습니다."

보통의 조선 사람과 다른 끈끈함이 있었다.

그리고 생사를 함께 나누는 전우이기도 했다.

동현에게도 고개를 숙이며 인사한 주현이 화물선 승선을 위해 멀리 떠나갔다.

김신도 의사들과 간호사들을 이끌며 화물선으로 향했다. 그리고 수 시간에 걸쳐서 항해한 끝에 하카타에 이르렀다.

해변 근처에 항구가 있었고, 해병 1사단이 그곳을 미리 점령한 덕에 화물선들이 부두에서 병력 하선과 물자 하역을 동시에 진행할 수 있었다.

후속 부대가 하카타에 도착했다.

그리고 이주현과 그녀가 속한 군단 지휘부도 함께 도착했다. 해병 1사단장인 박정엽이 미리 부두로 나와서 그녀를 맞이했다.

"이장군."

"장군님이다. 이놈아. 별 달면 군 생활 끝나?"

"에이. 똑같은 소장인데 그러십니까. 부하들도 보고 있는데 봐주십시오."

"말은 놓지 마라."

"놓을 생각도 없습니다. 어쨌든 적지에 오신 것을 환영

합니다."

두 사람이 오랜 선후배 관계였다는 것을 가까운 부하들은 알고 있었다.

그리고 두 사람으로 인해 조선군이 강군으로 키워졌다.

둘은 악수하면서 인사를 했고, 이어 들려오는 발걸음 소리에 고개를 돌렸다가 더 높은 계급을 가진 사람을 만났다.

1군단을 맡은 이응천이 두 사람 앞에 있었다.

"군단장님."

"오랜만에 보는데 건강해 보이는군."

"예. 군단장님도 건강해 보이십니다. 그런데 다른 육군 사단이 오기 전에 이렇게 빨리 오십니까?"

"교두보다 잘 확보되어 있으니 굳이 안전을 찾는 행동을 보여줄 필요가 없지. 아군의 방어 상태는 어떠한가?"

"방어선을 구축하고 경계를 벌이고 있습니다."

"적의 상태는?"

"확보된 교두보를 치려고 병력을 집결시키고 있습니다. 조만간 공격해올 겁니다."

"일단, 지휘막사로 가지. 거기서 상세한 설명을 듣겠네. 그리고 놈들을 궤멸시킬 작전을 짜보도록 하세. 별로 짤것도 없겠지만."

"예. 군단장님."

"안내하게."

"이쪽입니다."

유성혁을 보좌했던 부소대장이었다.

정엽이 항구에 마련된 지휘막사로 이응천과 이주현을 함께 안내했다. 그리고 막사로 들어와서 구주 지도가 펼쳐진 탁자를 앞에 두고 이야기하기 시작했다.

김신이 의사들과 간호사들을 이끌고 하카타에 왔다는 소식을 이주현이 알려줬다.

그리고 나중에 따로 만나서 인사를 나누기로 하였다.

더해서 근위 1사단에 꽤나 유명한 사람들이 있다는 소식을 들었다.

"누구라 하셨습니까? 아… 안창호 선생님 말입니까?!"

"그래."

"그분이 근위 1사단에서 병사로 복무 중입니까?"

"그래. 양기탁도 있어. 그리고 안중근에 신돌석 장군도 있지. 그 때문인지 기분이 묘해."

"우와. 독립운동가들 죄다 모였네……."

"나라를 지키겠다는 의지는 운명이 바뀌어도 그대로인가봐. 그래서 더 대단한 위인이 될거야. 조선이 아니라 세상에 이름 석자를 새기겠지. 뭐, 온 사람들에 대한 이야기는 이 정도로 하고, 적정이나 말해봐. 빨리 작전을 세워야 하니까."

"알겠습니다. 일단 먼저 적군의 정보부터 말씀드리겠습니다. 아시겠지만 우종현 특임대장님이 적지 후방에서 교란 중에 있습니다."

지도를 놓고 정엽이 적에 대한 정보를 설명하기 시작했다. 특임대가 침투한 후방을 짚었고, 그곳과 하카타 사이의 대지를 짚으면서 일본군이 집결하고 있다는 사실을 알려줬다. 그리고 이틀 안으로 공격을 벌일 것이라는 사실을 알려줬다.

보고를 듣고 이응천이 고개를 끄덕였다.

적 사령관을 저격해서 죽였지만 병력은 그대로였다.

6만명에 이르는 병력이 집결하고 있었다.

수로는 조선군이 크게 불리했고, 그나마 적 포병 부대가 무력화되어서 전체적인 전투력은 유리한 점이 있었다.

이주현이 팔짱을 끼고 지도를 보다가 어느 한곳을 손으로 짚으면서 말했다.

"해안 가까이로 해서는 오지 않겠군."

"우리 함대가 함포로 지원하기 때문에 정면에서 올 겁니다."

"그래도 방어선과 경계는 완비해야 되겠지. 다만 해변에 진지를 구축해야겠어. 포병부대는 남동쪽 방향으로 포구를 조준하고 전면 방어선을 지원하는 쪽으로 하면 되겠지. 그리고 100미터 간격으로 철조망을 5중으로 깔아둬. 놈들이 후퇴할 때도 걸리적거리게 말이야. 클레이모어를 깔아서 놈들이 걸려들면 싹쓸이하는 거야."

"예. 군단장님."

"업그레이드된 참호전으로 놈들을 단숨에 궤멸시켜버려."

압도적인 승리를 향한 확신이 세 사람의 눈동자에 이채가 되어서 새겨졌다.

이응천의 명령을 따라 두 사람이 휘하 연대장들에게 지시를 내렸다. 미리 진지를 구축했던 해병 1사단 장병들이 방어선을 보완하기 시작했다.

육군 근위 1사단 장병들은 하역했던 철조망들을 방어선 전면으로 보내 장애물을 구축했다.

그리고 '클레이모어'라 불리는 신무기를 설치했다.

그것은 폭약을 내장하고 발파되면 특정방향으로 수백개의 쇠 구슬탄을 날려 보내는 인마살상용 지뢰였다.

수십년 뒤에 개발되고 수백년 가까이 쓰여야 하는 최악의 무기였다.

그런 무기를 1사단 장병들이 다루고 있었다.

"대체 이런 무기를 어떻게 개발한 걸까?"

"누구 머리에서 나온 무기인지 모르겠지만 사람을 죽이는 데에 있어선 도가 튼 사람일 거야."

"나라를 지키는 데에 쓰면 최고의 수호 무기야. 이 무기로 왜놈들을 쓸어버릴 거야."

"그래그래."

상자에서 클레이모어를 꺼내면서 병사들이 미소지었다.

그것이 어째서 클레이모어인지는 잘 몰랐다.

그저 서양에서 쓰였던 대검의 이름이었다는 말을 듣고 서양에서 개발된 신무기라고만 생각했다.

병사들과 함께 안창호와 양기탁도 클레이모어를 꺼냈다. 그들은 방어선 너머에 설치되고 있는 철조망 사이로 걸어갔다.

대각선 방향으로 전방을 조준하는 상태로 클레이모어를 세워둔 뒤, 신관을 꽂고 전기선을 연결해 교통호가 있는 곳으로 전선을 늘어뜨리면서 돌아왔다.

그리고 마지막 전선 끝에 격발기를 위치시켜놓고 연결하지 않았다. 오발을 낼 수 있기 때문에 교전 직전에만 연결하려고 했다. 그리고 한 이식 기관총을 추가로 설치하고 띠 탄창을 걸어놓았다.

방어선 구축을 거의 완료시켜놓고 휴식할 때였다.

두 사람의 곁에 한 병사가 몸을 기댔다.

그는 기관총 사수였다.

"어휴, 끝났다. 싸우기도 전에 힘 다 빼겠네."

"그러게 말이오. 후후."

"어디에서 왔소?"

"나 말이오?"

"그렇소."

"평양 근처 강서에서 왔소. 성은 안씨고 이름은 창호라고 하오."

"옆은?"

"양기탁이라고 하오. 똑같이 강서 사람이오."
"동향이었군. 나는 오산에서 온 이찬이라고 하오. 만나게 되어서 반갑소."
"만나게 되어서 반갑소."
악수하는 것이 유행하고 있었다. 세 사람이 번갈아 악수했고, 서로를 소개하면서 인사했다. 서로의 곁을 지키고 있었지만 이찬은 다른 대대에 속한 사람이었다.
그의 후임이 기관총 곁을 지키는 가운데, 세 사람이 이야기를 하면서 시간을 보내고 있었다.
이찬이 안창호의 품에서 튀어나온 종이를 발견했다.
"혹시, 유서요?"
"그렇소."
"소용없는 일을… 찢으시오. 괜히 부정 타겠소."
"오히려 써서 큰일을 안 당할 수 있소. 그렇지 않소?"
"……."
"나도 이런걸 어머니께 드리고 싶지는 않소. 그래도 만약이라는 것이 있는데 이런 거라도 써서 불효를 조금이라도 덜어야 하지 않겠소? 내 생각은 그렇소."
유서에 관해서 논쟁 아닌 논쟁을 벌이다가 이찬이 고개를 끄덕였다.
그리고 혹시나 하는 생각으로 물었다.
"혹시, 서신지나 필기구 같은 것이 있소?"
"있소."

"빌려줄 수 있겠소? 나도 하나 써 놓아야 할 것 같아서……."

"여기 있소."

"고맙소. 잠시 좀 쓰겠소."

안창호는 품에 보관하고 있던 서신지와 연필을 꺼내서 이찬에게 줬다. 그리고 이찬이 참호에 몸을 기대고 나무판을 받혀서 유서를 쓰기 시작했다.

양기탁이 어깨너머로 유서의 내용을 확인했다.

"처와 여식이 있었소?"

"그렇소."

"꽤 젊어 보이는데 벌써 혼례를 치렀나보오?"

"훈련소에 입소하기 1년 전에 혼례를 치렀소. 그리고 이곳에 오기 전에 여식이 태어났는데 하마터면 얼굴도 모르고 올 뻔했소. 부산항에서 우정국을 통해 사진을 받았소. 여기의 여인이 내 처고 품의 아기가 내 여식이오. 이름은 서현이라고 하오."

"예뻐 보이는군."

"커서 어떤 놈팽이 같은 놈이 데리고 가겠다하면 다리몽둥이를 반드시 분질러 놓을 거요. 절대 시집보내지 않을 거요. 하하하~"

"그 다짐, 끝까지 잘 유지하기 바라오."

농으로 하는 이야기였다.

하지만 그 말에는 온전한 진심이 담겨 있었다.

품에서 사진을 꺼내 두 사람에게 보여준 이찬은 다시 사진을 품 안에 넣고 애지중지했다.

유서를 잘 쓴 뒤에 남은 서신지와 연필을 안창호에게 돌려줬다. 그리고 크게 숨을 몰아쉬었다.

“이제, 죽을 일은 없겠지! 이따금씩 놀러오겠소.”

“그리하시오.”

유서를 부적처럼 여겼다. 그리고 기관총이 있는 곳으로 가서 후임과 함께 경계를 벌였다.

잠시 후, 안창호와 양기탁이 있는 곳으로 장교들이 몰려왔다. 주현이 이응천과 함께 두 사람이 있는 참호로 와 시찰을 했다.

“관등성명은 대지 말게. 아침 식사는 든든하게 했는가?”

“예. 군단장님.”

“전투 준비는 끝났는가?”

“예. 철조망 설치, 클레이모어 설치가 끝났습니다. 적들이 오면 여기 설치된 기관총으로 격퇴시킬 겁니다.”

“이제부터 경계를 철저히 벌이게. 자네들을 믿고 있겠네.”

“예.”

이응천이 병사들의 어깨를 두드리면서 격려했다.

안창호와 양기탁의 가슴이 두근거렸다.

두 사람을 만난 이응천과 이주현도 별반 다르지 않았다. 책에서나 보던 인물들을 만나서 크게 두근거렸다.

그러나 그런 기색을 부하인 안중근과 신태호를 비롯한 다른 장병들에게 보이지 않았다. 안중근의 안내를 받으면서 하카타 외곽의 방어선을 확인했다.

"이쪽입니다. 군단장님."

직접 장병들의 상태를 확인하고 사기를 다스렸다.

그리고 항구로 돌아왔다.

점령지의 주민이 된 항구 주변에 거주하는 일본인들이 눈치를 보며 문을 닫았고, 안에서 머물며 긴장 속에서 시간을 보냈다.

조선군에 대한 반감이 상당했다.

"저놈들은 반드시 황군에 의해서 궤멸할 거야."

"놈들이 전멸할 때까지 밖으로 나가지 마. 알았지? 히로시?"

"네……."

아이에게 집안에 있으라고 말하면서 조선군이 패배하기를 기다렸다.

그리고 이응천과 이주현, 박정엽은 장병들에게 명령을 내려서 주민들은 무시하고 해를 끼치지 말것을 지시했다.

고의로 거주민들을 해칠 경우 군법으로 엄히 다스리겠다는 경고를 내렸다.

그리고 모든 준비가 끝났다.

"놈들이 움직이기 시작했습니다."

박정엽이 수색대로부터 소식을 듣고 지휘막사에 있던 이

응천에게 보고했다. 이응천이 하카타 남동쪽을 표시하는 지도 위로 총검을 꽂았다.

"구주에서 모든 일본군을 궤멸시킨다!"

조선군의 교두보를 지우기 위해서 구주에 주둔하고 있던 모든 일본군이 집결했다.

그리고 진군하기 시작했다.

미래를 결정짓는 크나큰 충돌이 일어나려고 했다.

1901년 6월 27일 오후였다.

신조선 新 전기

구주에서 왜적을 진멸하다

“주위를 잘 경계해! 후방이라고 안심하지 마! 적 저격수가 있을 수 있으니까! 노즈 사령관님께서도 본진에서 저격받으시고 전사하셨어!”

“알겠습니다!”

“주위에 이상한 것이 보이면 바로 보고해!”

검은 옷을 입은 일본군 장교가 선두에서 달리는 수레에 타서 뒤따르는 병사들에게 외쳤다.

장병들은 전선으로 향하는 보급물자를 지키면서 경계했다.

갈대밭이 있었고 멀리 연기를 피우는 아소산이 보였다.

하루만 지나면 집결지에 물자를 놓고 잠시 휴식할 수 있을 거라는 생각을 했다.

그렇게 긴장한 상태로 길을 지날 때였다.

한 병사가 숲을 보다가 미간을 조였다.

"음……?"

"왜 그래?"

동료의 물음에 병사가 검지를 들었다.

"저기서 풀들이 움직였어."

"뭐?"

"바람이 없어서 아무것도 움직이지 않는데."

퍽!

"야나키타!"

쾅!

"크악!"

저격에 검지를 들었던 병사의 머리가 사라졌다.

직후 옆의 병사들이 소리치자마자 수레 아래에서 폭발이 일어나면서 땅이 뒤집어졌다.

달리던 수레가 솟구쳤다가 아래로 떨어졌고, 연달아 길 아래에서 폭발이 일어났다.

예상치 못했던 기습에 일본군 쪽은 아수라장이 됐다.

튕겨나가 겨우 목숨을 부지한 장병들이 소총을 들고 주위를 살폈다.

그리고 다시 한 병사의 머리가 사라졌다.

"저… 저격이다! 놈들을 찾아!"

"못 찾겠습니다! 총성이 들리지 않습니다!"

"이런, 빌어먹을!"

총성이 들리지 않아서 어디에서 총알이 날아오는지 알 수 없었다.

아니, 사방에서 날아오는 듯했다.

뒤집어진 수레에 기대어서 엄폐하고 있던 병사들이 하나 둘씩 쓰러지고 있었다.

그리고 맨 뒤쪽을 따르던 수레가 크게 폭발했다.

후폭풍에 병사들을 이끌던 일본군 장교가 바닥에 엎드렸다.

그리고 머리를 들었을 때 그의 머리가 터졌다.

"주… 중대장님!"

상관의 죽음을 목격한 병사가 울부짖었다.

그러나 그 또한 자신의 상관을 따르면서 더 이상 말을 할 수 없게 됐다.

수레 중에 탄약이 가득 실린 수레가 있었고, 그것이 크게 폭발을 일으키면서 주위 사방이 불바다가 됐다.

그 모습을 스텔스 망토를 벗은 종현이 지켜보고 있었다.

그의 곁에서 은폐하고 있던 대원들이 모습을 드러냈다.

"다른 보급로를 차단한다."

"예. 분대장님."

다시 자취를 감추고 유령같은 자들이 움직이기 시작했

다.

그리고 일본군의 보급로가 어질러졌다.

조선군이 상륙한 하카타 남동쪽 30킬로미터 지점에 6만 명에 달하는 일본군 부대가 집결해 있었다.

구주 해안을 지키기 위한 최소한의 병력만 남기고서 4군에 속한 모든 사단과 여단이 모여 있었다.

그리고 교두보를 확보한 조선군을 몰아붙이려고 했다.

저격을 받은 노즈가 전사하면서 4군에 속한 6사단의 사단장이 그를 대신해 전군을 지휘했다.

그가 최선임이었으며 전사한 다른 사단장과 여단장을 반면교사로 삼아 모든 계급장을 떼고 장병들을 이끌었다.

'이세치 요시나리'가 보급 부대에 관한 보고를 받고 크게 진노했다.

"뭐라고 했나? 보급 부대가 궤멸했다고?!"

"예…! 중장님……!"

"안 그래도 포병대가 없어서 화력이 부족한데 탄약 보급까지 원활하지 않다니, 빌어먹을……!"

"진군을 미룹니까?"

"미루긴 뭘 미뤄?! 시간이 지날수록 놈들의 교두보에 지원 부대만 더해지게 된다! 우리에게는 총알보다 고귀한 충성심이 있다! 천황 폐하를 위하는 6만의 용사가 있는데 총알이 부족하다고 해서 결전을 피해야 하는가?! 마땅히 적의 포화를 뚫고 나가 심장에 총검을 꽂을 것이다! 예정대

로 진군할 것이니 명령을 전하라!"

"예! 중장님!"

결사의 정신으로 하카타를 점령하고 있는 조선군을 이기려고 했다.

탄약이 부족한 가운데서도 그것을 잘 분배했고, 온전한 포병부대가 없었기에 포격에 대한 미련을 버림으로써 오히려 행군 속도가 빨라질 수 있었다.

이세치의 6사단이 중군을 맡고 사단장을 잃은 10사단이 여단으로 양쪽을 쪼개서 좌우 날개가 됐다.

그리고 3개 여단이 1개 사단과 2개 여단 뒤를 받치면서 후위를 도모했다.

5시간을 행군하면서 조선군이 구축한 방어선 앞에 포진했고, 본진 근처에 위치한 언덕 위에 이세치가 올랐다.

망원경으로 조선군이 구축한 방어진지를 살폈다.

도랑처럼 파여 있는 교통호가 있었고, 그 앞으로 돌격을 저지하는 철선이 보였다.

교통호 속의 조선군 장병들이 다수 보이고 있었다.

그리고 그들 또한 언덕 위에 있는 이세치와 공격선에 배치된 일본군을 보았다.

교통호로부터 50미터 후방에 조선군 대대지휘부들이 위치해 있었다.

그리고 100미터 후방에 연대 지휘부가 있었고, 그중 한 곳에 이응천과 이주현이 함께 있었다. 이응천이 이주현과 연대장인 박승환에게 명령을 내렸다.

"놈들을 전방 100미터까지 최대한 끌어들인 후에 총공격 한다."

"예. 군단장님."

1군단장인 이응천의 명령이 말단 병사에게까지 전해졌다.

안중근이 교통호를 다니면서 장병들에게 지시하고 있었다.

신무기의 위력을 실전에서 써볼 기회가 생겼다.

"클레이모어 격발기에 전선을 연결해라! 그리고 절대 안전장치를 미리 풀지 마라! 단 한번의 기습으로 적을 섬멸할 것이다!"

"예! 대대장님!"

양기탁과 안창호가 큰 목소리로 대답했다.

그리고 앞에 놓인 격발기에 전선을 연결하고 적이 진격해오기를 기다렸다.

조선군은 일본군의 돌격을 대비하고 있었다.

이세치와 일본군 장병들은 그들이 어떻게 전투를 벌일 것인지 전혀 몰랐다.

그저 4군의 병력보다 조선군이 적은지만 확인하고 있었다.

그리고 조선군의 병력을 파악했다.

"2개 사단이로군!"

"3만명에 못 미치는 것 같습니다."

2배, 많으면 3배에 이를 병력을 가지고 있었다.

좌우로 살피자 돌격 준비를 마친 일본군의 위용이 감탄스러웠다.

총알이 부족하다는 불안감도 전혀 못 느낄 지경이었다.

피격되더라도 앞으로 밀고 나갈 수 있을 것 같았다.

'비록, 우리가 큰 타격을 받았지만 미개한 조선 놈들을 이기지 못할 수준은 아니야! 예비대까지 아끼지 않고 모두 투입시키면 반드시 이길 수 있어! 초전에 모든 것을 걸어야 해!'

필승을 확신하며 이세치가 명령을 내렸다.

"전군 돌격으로 적지에 욱일기를 꽂는다! 저 혐오스러운 태극기를 불태워버려라!"

"예! 중장님!"

명령을 전하는 기수가 깃발을 크게 흔들었다.

"돌격! 돌격 명령이다!"

"신성한 우리 영토에서 조선 놈들을 몰아내자!"

"천황 폐하 만세!"

"와아아아아~!"

삐익 하면서 호각 소리가 크게 울려퍼졌다.

일자진에 가깝게 넓게 포진해 있던 일본군이 검은 해일이 되어 방어진을 구축한 조선군에게로 달려가기 시작했다.

소총에 총탄을 미리 장전하고 총검을 착검해서 백병전을 벌이려고 했다. 그리고 조선군은 밀려드는 일본군으로부터 절대 시선을 떼지 않았다.

"긴장하되 두려워하지 마라! 방아쇠에 검지를 걸지 말고 명령이 떨어지면 검지를 건다!"

"놈들이 충분히 접근할 때까지 쏘지 마라!"

안중근과 신태호가 장병들에게 소리치면서 통제했다.

소총을 손에 쥔 장병들은 긴장된 모습으로 달려오는 일본군을 쳐다봤다. 그리고 한 이식 기관총의 손잡이를 잡고 적을 조준한 채 때를 기다렸다.

일본군의 선봉이 첫 철조망을 아래로 기어서 지나갔고, 뒤따르는 다른 장병들도 아래를 기어서 조선군이 구축한 장애물 사이로 들어와 뛰기 시작했다.

일본군들은 철조망을 지날 때 조선군이 포격을 가할 것이라고 생각했다.

그러나 어떤 공격도 이뤄지지 않았다.

때문에 돌격하는 일본군 사이에서 의아함이 일어났다.

그 의아함은 곧 불안함으로 바뀌고 있었다.

'어째서 쏘지 않는 거야?'

'이대로 우리의 접근을 허용하겠다는 것인가?'

'대체 뭘 기다리는 거지? 망할 조선 놈들!'

돌격을 저지하는 용도로 철조망을 사용하고 있지 않았다.

그렇다고 조선군에게 탄약이 없다 여길 수도, 항복할 의사를 가지고 있다 여길 수도 없었다.

그저 앞으로 어떤 일이 일어날지 모른 채 명령대로 돌격해서 조선군 참호에 달려들 뿐이었다.

다시 철조망이 나타나자 아래로 기었고, 철조망을 지나고 나서는 몸을 일으켜서 전력 질주했다.

그리고 또다시 철조망을 만났다.

'왜 안 쏘는 거야?!'

'이놈들 설마 코앞에서 쏠 셈인가?!'

계속해서 예상이 빗나가고 있었다.

그리고 참호 앞 100미터 지점에 구축된 철조망에 이르렀을 때였다.

그 아래로 지나가려고 몸을 숙였을 때, 조선군 진지에서 외침이 크게 일어났다.

그 외침을 듣고 모든 일본군이 움찔했다.

"발파!"

"클레이모어를 터트려라!"

콰광!

쾅! 콰광! 쾅!

"크아아악……!"

콰콰쾅!

"으아악!"

고막을 찢는 폭음과 함께 돌격하던 일본군 사이에서 큰

구멍이 생겼다. 땅이 뒤집어지고 흙 파편이 사방으로 튀었다. 폭발이 일어난 곳 주위에서 일본군 장병들이 흔적도 없이 사라졌다.

흩어진 살점만이 그들이 있었다는 증거로 남아 있었다.

그리고 방사 형태로 50미터 거리까지 모든 병사가 쓸려 나갔다.

하나같이 여러 발의 총탄을 동시에 맞은 것처럼 즉사한 모습이었고, 심하면 일부 신체 부위가 떨어져 나가 있었다. 무더기로 클레이모어가 폭발하면서 철조망 사이에서 신음소리가 크게 일어났다.

폭발에서 살아남은 일본군 병사들은 어안이 벙벙해진 모습으로 주위를 돌아봤다.

"크아악……!"

"사… 살려줘……."

"어… 엄마……."

중상을 입은 전우가 쓰러져서 애원하고 있었다.

눈앞에 펼쳐진 광경이 진짜인지 의심이 들 지경이었다.

'이게 대체……?!'

이세치의 눈동자가 크게 떨리고 있었다.

조선군의 선공이 있을 것이라고 생각했지만 폭탄 같은 것으로 수많은 병력을 쓸어낼 것이라고는 생각하지 못했다. 폭음으로 일어난 이명이 미처 사라지기 전에, 손으로 귀를 감싸고 있던 일본군 병사에게 총탄이 날아들었다.

안중근이 휘하 장병들에게 크게 외치면서 명령을 내렸다.

"놈들을 궤멸시켜라! 사격!"

"사격 개시! 쓸어내라!"

한 일식 소총과 한 이식 기관총이 불을 뿜었다.

적이 최대한 가까이 오기를 기다리던 조선군이 드디어 방아쇠에 검지를 걸고 당기면서 발포하기 시작했다.

수십년 전처럼 총탄을 한번 쏘고 재장전 시간만 1분 가까이가 걸리던 그런 총이 아니었다.

노리쇠를 당겼다가 밀어 넣는 것으로 총탄을 장전하고 바로 쏠 수 있었다.

한 일식 소총이 총격을 가하고 한 이식 기관총이 화력 지원을 넣자, 그 앞에 있던 일본군 장병들이 추풍낙엽처럼 쓰러졌다.

이세치의 참모가 쓰러지는 장병들을 보고 크게 외쳤다.

"중장님?!"

이세치가 떨리는 목소리로 급히 명령을 내렸다.

"우… 우리도 응전해!"

이미 일본군도 응전을 가하고 있었다.

민첩하지 못한 자들은 모두 죽고, 신속히 바닥에 엎드린 장병들만이 살아남아 본능에 가깝게 소총을 조준하고 방아쇠를 당기기 시작했다.

조선군 진지를 향해서 남은 일본군 장병들이 총격을 가

했다.

"자세를 낮춰서 피탄 부위를 줄여라!"

"응전해라!"

탕! 타탕!

"빌어먹을!"

"놈들이 진지에 있어서 너무 유리합니다!"

"포복으로 접근해! 그리고 계속해서 쏴라! 우릴 조준하지 못하도록 만들어야 한다!"

"알겠습니다!"

악을 쓰며 조선군 진지로 엎드려서 기어갔다.

그리고 진지 앞의 흙 담을 향해서라도 총격을 가하며 조선군이 자유롭게 총을 쏘지 못하도록 만들었다.

상황이 될 때마다 조준 사격을 가하기도 했다.

그리고 조심스럽지 못한 조선군 병사를 맞혔다.

기관총 제압을 위해서 번뜩이는 불빛을 향해서 소총을 쐈다. 일본군이 쏜 총탄에 어깨와 가슴이 단번에 꿰뚫린 조선군 병사가 있었다. 손에 쥐고 있던 기관총 손잡이를 놓치고 참호 바닥으로 떨어지듯이 쓰러졌다.

"윽……!"

"이찬 상병님!"

기관총 부사수가 사수인 이찬의 몸을 붙들었다.

그리고 그 모습을 안창호가 발견했다.

"이찬!"

양기탁이 안창호에게 말했다.
"여긴 내가 맡을 테니 가보게!"
"알겠네!"
고개를 내밀었다 숙이기를 반복하면서 양기탁이 기어오는 일본군을 향해 소총을 쐈다.
그리고 안창호가 쓰러진 이찬에게 달려왔다.
어쩔 줄 모르는 이찬의 후임에게 그가 소리치면서 정신을 일깨웠다.
"기관총을 잡으시오! 선임은 내가 살필 테니!"
"아… 알겠소!"
이내 기관총이 적에게 조준되고 다시 매서운 총탄을 발포하기 시작했다.
안창호가 이찬의 상태를 살폈다.
이찬은 그의 품에 힘없는 모습으로 팔을 떨어트린 채 안겨 있었고, 입에서는 계속해서 피가 흘러나왔다.
숨을 쉴 때마다 기침과 함께 토혈이 일어났다.
"쿨럭!"
"이보시오!"
안창호의 부름에 이찬이 감았던 눈을 떴다.
그리고 그를 보면서 힘들게 입을 열었다.
"부적이랍시고… 유서를 썼는데… 정말로 유서가 될 줄은 몰랐소……."
"말하지 마시오! 체력을 아끼시오! 살 수 있소! 의무병,

여기 부상자가 있소!”

“역시… 써두길… 잘한 것 같소… 안 그랬다면… 진짜로 비명횡사했을 텐데…….”

“그런 소리 마시오! 의무병!”

안창호가 의무병을 부르짖었다.

치명상을 입은 이찬이 다시 말하려다가 피를 토했고, 품 안에 있던 유서를 꺼내 안창호에게 넘겨줬다.

떨리는 손으로 사력을 다해서 건네줬다.

“이 유서를… 잘 좀… 전해 주시오… 피로 잔뜩 젖어 있는데… 더럽겠지만… 새로 옮겨서 써주시오… 부… 부탁하오…….”

“이보시오!”

시야가 흐릿해졌다.

피로 물든 유서를 건네고 안의 사진을 꺼냈다.

그 안에 사랑하는 처와 여식이 있었다.

“딸이… 혼례를 치르는 것은… 정말… 보고 싶었는데…….”

“이보시오! 이찬!”

“…….”

“이보시오! 이보시오!”

“…….”

사진을 들고 있던 손이 땅에 떨어졌다.

눈물이 고여 있는 이찬의 얼굴을 보면서 안창호는 자신

이 전장에 있다는 것을 깨달았다.

대승을 거두더라도 누군가는 반드시 죽었다.

그리고 그자는 곁의 전우일 수도 있고, 자신일 수도 있다.

기관총을 잡고 있던 이찬의 후임이 눈을 크게 키웠다.

"이찬 상병님…?! 이런 쪽발이 개자식 놈들아! 으아아아!"

바닥을 기는 일본군을 향해서 기관총탄을 날렸다.

그리고 죽은 이찬의 곁으로 뒤늦게 의무병이 달려왔다.

이찬을 살려보려고 안간힘을 썼지만 이미 호흡이 멎은 상태였다. 안창호가 그의 머리에 손을 얹고 기도했다.

기도를 마치고 이찬이 쓴 유서를 품 안에 챙겨넣었다. 그리고 의무병에게 이찬의 시신을 맡기고 소총을 들었다.

양기탁의 곁으로 돌아와 적을 향해서 다시 총을 쏘기 시작했다.

"모조리 죽여라!"

"망할 쪽발이 놈들!"

조선군에 전사자와 부상자가 생기기 시작했고, 도리어 그것은 조선군을 크게 분노하도록 만들었다.

총탄이 날아듦에도 두려워하지 않고 조준사격을 가하며 바닥에 엎드려 있던 일본군에게 총격을 가했다.

한 이식 기관총이 계속해서 총알을 날리자 작은 구덩이에 몸을 숨긴 일본군 장교가 크게 외쳤다.

"똥같은! 우리 기관총들은 대체 뭘 하고 있는 거야?!"

화력에서 조선군에게 압도당하고 있었다.

균형을 맞춰줄 기관총을 부르짖으면서 조선군 방어선을 제압해주기를 원했다.

그리고 마침 뒤쪽에서 설치된 맥심 기관총에서 연발 사격이 이뤄졌다. 일본군의 머리 위와 어깨 사이를 총탄이 지나면서 조선군 진지를 훑기 시작했다.

죽음을 피하기 위해 조선 장병들이 몸을 숙였다.

안창호도 양기탁과 함께 몸을 숙여 일본군 기관총의 총격을 피했다.

그때 해안 방향에서 천둥소리가 일어나는 것을 들었다.

"아군 포격이다! 엎드려!"

대대장인 안중근이 장병들에게 크게 외쳤다.

이미 자세를 한껏 낮춘 병사들은 그의 명령을 따라 고개를 들지 않았고 적을 견제할 생각조차 하지 않았다.

오직 신태호와 안중근 같은 지휘관들만이 고개를 내밀어서 적지를 확인했다.

하늘 위에서 굉음이 일어났다.

이어서 일본군의 머리 위로 포탄이 떨어졌다.

콰콰쾅! 쾅!

펑!

"크아악!"

비명 소리와 함께 적군이 엎드려 있던 대지 위로 무수한

구덩이가 생겨났다.

조선군의 포격에 이세치가 움찔하면서 온몸을 떨었다.

'빌어먹을!'

미간을 찌푸렸던 안중근이 다시 전선을 살폈고, 포탄이 떨어진 곳 주위의 일본군이 신음하는 것을 보게 됐다.

그러나 반드시 타격받아야 할 적 전력이 아직 남아 있었다.

"기관총이 살아 있다!"

"머리 숙여!"

신태호와 진지를 지키는 장교들이 크게 외쳤다.

아직 적 기관총들이 살아 있었고, 그것들은 다시 조선군 진지를 향해서 총격을 가하기 시작했다.

빗발치는 총탄이 조선군 진지 앞의 흙 담을 때렸다.

장병들은 자세를 낮추고 다시 아군 포탄이 떨어지기를 기다렸다.

그러나 적의 총격이 그치는 것이 더 빨랐다.

"빌어먹을!"

"총알이 떨어졌어!"

끊어서 쏘지 않고 난사한 결과 총알이 떨어졌다.

적 기관총의 화력이 죽자 조선군 장병들이 다시 총을 쏘기 시작했다. 한 이식 기관총도 더욱 기세등등하게 총알을 쏘아 날렸다. 보급 문제로 일본군은 조선군에 제대로 대응할 수 없었다.

그 사실을 이세치의 참모가 보고 소리치면서 알렸다.

"중장님! 아군 기관총들의 탄약이 떨어졌습니다! 적진 앞의 아군을 지원할 수 없습니다!"

이세치가 엄명을 내렸다.

"이제 놈들도 준비된 덫을 모두 썼을 거야! 일제 돌격을 벌이면 놈들의 화망을 뚫을 수 있다!"

"주… 중장님……!"

"아직 아군의 수가 많아! 기백으로 놈들을 죽일 수 있어! 일어나서 돌격하라고 명령을 전하라!"

"……!"

"어서!"

"예……!"

이세치의 명에 4군 사령부인 6사단 본부에서 호각 소리가 크게 일어났다.

그리고 깃발이 올라왔다. 붉은색 명령기가 크게 휘둘러지면서 그것을 본 장교들이 당황했다.

'일어나서 돌격하라고……?!'

'놈들의 기관총이 아직 살아 있는데 어떻게 뚫으라는 거야?!'

황당하더라도 그 명을 따라야 하는 이유가 있었다.

"중대장님!"

"……!"

"돌격 명령을 내리셔야 됩니다! 그렇지 않으면 중대장님

께 처벌이……!"
"빌어먹을!"
"명령을 내려주십시오!"
"모… 모두 일어나라! 돌격한다! 천황 폐하 만세!"
"천황 폐하 만세!"
푸푹! 푹!
"컥……!"
일어났던 일본군 장교가 총탄을 맞았다.
한 일식 소총, 한 이식 기관총을 가리지 않고 무더기 사격이 벌어지면서 명령을 따라 몸을 일으켰던 일본군이 학살당하기 시작했다.
그 모습을 보고 6사단 지휘부가 충격을 받았다.
"화… 황군이……!"
"이럴 수가……!"
그리고 이어 조선군의 포격이 더해졌다.
해변 방면에서 천둥소리가 일어났고 각도가 예리해진 포탄이 일본군이 모인 곳을 때렸다.
폭발과 불길이 일어나면서 일본군의 비명 소리가 채워졌다.
"크아아악!"
명령이 떨어지지 않았음에도 후퇴가 이루어졌다.
"후… 후퇴!"
"퇴각하라!"

"여기 있다간 놈들의 총포탄에 죽는다!"

"으아아아!"

일본군은 모두 전의를 상실했고, 살기 위해 몸부림 칠 뿐이었다.

일부 장교들이 칼을 뽑아 도망치는 병사에게 휘둘렀으나 그들의 도주를 막지 못했다.

겁먹은 장교와 하사관들도 왔던 길을 향해서 전력 질주했다. 질서와 군기가 빠진 상태에서 수습될 수 없는 크나큰 혼란이 일본군에게 일어났다.

그리고 그들 앞을 철조망들이 가로 막았다.

치명적이지 않았지만 가시에 팔과 허벅지가 찔렸고, 철조망에 걸린 자들이 크게 고통스러워하면서 괴로워했다.

그러나 죽는 것보다 나았다.

그리고 그 죽음을 피할 길이 없었다.

"쏴라!"

안중근이 대대 장병들에게 사격 명령을 내렸다.

그리고 상체를 완전히 노출시킨 상태에서 철조망에 걸린 일본군을 향해서 집중 사격을 가하기 시작했다.

한 일식 소총을 계속해서 쐈고, 한 이식 기관총에서 빈 탄피가 끊임없이 쏟아져 내렸다.

도망치던 일본군 병사들이 힘없이 쓰러졌다.

고래고래 소리를 지르던 장교가 총탄을 머리에 맞고 그 자리에서 숨소리를 죽였다.

그리고 다시 포격이 떨어졌다.

쾅! 콰광! 쾅!

“흐아악!”

포탄에 짓이겨진 일본군이 비명을 질렀다.

그 모습을 보고 이세치는 할 말을 잃었다.

“어떻게 이런 일이…….”

“중장님……!”

“우리 병력이 그렇게나 우세했는데……!”

“중장님! 후퇴 명령을 내리셔야 됩니다! 그렇지 않으면 남은 병력까지 모두 잃습니다! 퇴각 명령을 내리셔야 됩니다!”

아직 후퇴 명령이 없어서 어쩔 줄 모르는 부대가 있었다. 그들은 본대에서 그나마 가까이에 있는 부대였다.

그리고 불과 한시간 전만 해도 기세등등하게 첫 철조망을 넘어가려 했다.

하지만 지금 그들 앞에서는 전우가 죽고 있었다.

그리고 이제는 그들도 전우들의 뒤를 따르게 됐다.

이세치의 후퇴 명령보다 조선군의 포격이 훨씬 빨랐다.

먼 곳에서 천둥소리가 들렸고, 코앞에서 불벼락이 떨어졌다.

콰콰쾅! 콰쾅!

“……?!”

일본군 지휘부가 숨 죽였다.

전장에 남아 있던 모든 부대가 궤멸했다.

6만명에 달했던 병력이 이제는 만명이 겨우 넘을까 했다. 이세치가 피를 토해내듯 후퇴 명령을 내렸다.

"퇴각! 퇴각하라!"

그 명이 부하들에게 전해지기 전이었다.

퍽!

"……?!"

"이세치 중장……!"

"중장님!"

둔탁한 소리와 함께 이세치는 머리 없는 귀신이 되었다. 그의 참모들은 경악하며 소리를 질렀다.

그리고 그 모습이 원형으로 된 시선 속에 담겼다.

십자선 아래에서 머리가 터진 이세치가 쓰러졌고, 그를 죽인 자가 이번에는 다른 자를 십자선 안에 넣었다.

정운이 6사단 지휘부를 저격하고 있었다.

방아쇠를 당기자 다시 십자선 안에 놓인 사람이 피를 뿌리면서 쓰러졌다.

이세치의 참모를 정운이 저격하고 보고했다.

"탱고 다운."

특임대 대장인 종현이 정운의 어깨를 두드렸다.

"잘했어. 두놈만 더 잡고 뜨자고."

"예."

다시 적 지휘부의 장교를 십자선 안에 넣고 방아쇠를 당졌다. 10미리가 넘는 대구경 총탄이 적 장교의 가슴에 박혀 들었고 폐를 터트려 놓았다.

그리고 또 한 사람을 쓰러트렸다.

적 지휘부를 궤멸시키고 종현이 대원들에게 후퇴 명령을 내렸다.

"뜨자. 그리고 혹시 모르니 경계를 철저히 해."

"예. 대장님."

스텔스 망토의 전력이 소진되어서 완벽히 몸을 은폐 시킬 수 없었다.

그저 몸을 잔뜩 낮춰서 수풀 속에 몸을 숨겼다.

그리고 안전한 곳을 향해서 몰래 빠져나갔다.

망원경으로 적 지휘부를 확인한 이응천이 회심의 미소를 지었다.

"지휘부가 궤멸됐다."

"우리 특임대입니까?"

"그래. 특임대장 말고 떠올릴 수 있는 부대가 없어. 적의 모든 지휘 체계가 무너졌어. 지금이야말로 적에 대한 총반격을 벌일 절호의 기회야. 전군에 돌격 명령을 전하게."

"예. 군단장님."

이주현에게 이응천이 명을 내리고, 해병 1사단에게 돌격 명령을 전하라고 참모들에게 지시했다.

그리고 박정엽이 이응천의 명을 받았다.

그의 명령은 이내 중대장들에게까지 전해졌다.

이척이 호각 소리를 듣고 명령기를 확인했다.

그를 따르는 소대장이 검지를 들었다.

"중대장님! 돌격기입니다"

"알고 있다!"

"총 반격입니다! 군단장님께서 적을 전멸시키실 생각인 것 같습니다! 명령을 내려주십시오, 중대장님!"

가슴이 쿵쾅거리면서 뛰었다.

소총과 기관총을 쏘던 장병들이 오직 이척을 보면서 돌격 명령을 기다리고 있었다.

이척이 부하들의 얼굴을 한명씩 본 뒤, 제일 먼저 손을 짚고 참호 위로 올라갔다.

"중대! 나를 따르라!"

"중대장님을 따른다!"

"적진을 점령하라! 돌겨억~!"

"돌격~!"

"와아아아아아아~!"

뛰어나간 이척을 따라 중대원들이 달렸다.

적이 총탄을 쏘든지 말든지 조선군 장병들은 신경 쓰지 않은 채 소총을 들고 뛰며 적을 향해 총탄을 쏘아 날렸다. 이미 근위 1사단과 해병 1사단 병력이 패주하는 일본군의 병력을 앞서고 있었다.

거기에 기관총으로 화력 지원을 더하고 도망치는 일본군의 퇴로를 향해서 천둥 일식의 포탄을 날렸다.

궁지에 몰리자 일본군 병사가 소총으로 조선군 병사를 향해 방아쇠를 당겼다.

철컥!

"이런! 탄약이……!"

탕!

"커헉……!"

교전 도중에 그리 많지 않았던 탄을 모두 소진했다.

탄약 부족으로 총을 쏘지 못한 일본군 병사의 몸을 한 일식 소총의 총탄이 관통했고 그는 곧 쓰러졌다.

그리고 그 위로 조선군이 지나갔다.

기백으로 싸우려 했던 자들에게서 기백이 꺾여 나가니 남은 것은 아무 것도 없었다.

살기 위해서 두손을 들어야 했고, 총성이 일어나는 것보다 손을 빨리 들지 못한 자들은 여지없이 총격을 맞고 죽음에 이르렀다.

치명상을 피한 자들은 부상 부위를 잡고 몸부림 쳤다.

그리고 그런 일본군 병사를 조선군 병사가 총으로 조준했다.

"손들어!"

"읏!"

"손들어! 안 그러면 죽는다! 손들어!"

탕!

"……?!"

"손! 들어!"

머리 옆으로 날아든 총탄에 신음하다 크게 놀란 일본군 병사가 눈치로 손을 들었다.

그리고 옆구리에서는 피가 흘러내리고 있었다.

그에게 경고한 신태호의 어깨를 안중근이 두드렸다.

"속히 의무대로 보내!"

"예! 대대장님!"

피아를 구분하지 않고 부상당한 자들을 후방의 의무대로 보냈다. 의무대에는 김신과 동현이 부상자들을 치료하고 있었다.

그리고 무수한 포로들을 사로잡았다.

7천명이 넘는 상당한 수의 포로가 사로잡혔기에 그들을 통제하기 위해 험한 모습을 보여줄 수밖에 없었다.

총을 조준하고 발길질을 가할 수밖에 없었다.

그러나 통제를 따르는 자들을 함부로 죽이지는 않았다.

이척의 중대가 적 지휘부가 있던 곳으로 진격했고, 교두보를 확보한 조선군을 공격하던 일본군은 결국 대패하고 전멸에 가까운 피해를 입었다.

이제 참호 속에서 엄폐하고 있을 이유가 없었다.

이응천과 이주현이 참호 위로 올라와서 전장을 살폈다. 포연과 화약 냄새가 가득했다.

"시신들을 치우려면 시간이 걸리겠군."

"예. 군단장님."

고개를 뒤로 돌리자 전사한 장병들이 보였다.
나무로 만든 간이 들것들 위에 숨죽인 시신들이 잠든 것처럼 눕혀져 있었고, 그 위로 하얀 천들이 덮여졌다.
승리를 취했음에도 전사자들을 보는 것은 괴로웠다.
"후속 부대를 수송하는 화물선이 오면 조선으로 돌려보내세. 그리고 전장 정리를 마친 뒤에 포격에 망가진 철조망을 다시 세우고 참호를 중심으로 경계를 벌이게. 구주 점령은 후속 부대가 도착하면 벌일 것이네."
"알겠습니다."
주현에게 지시를 내리고 전사자들이 있는 곳으로 갔다.
그곳에 눈을 감은 이찬이 고향으로 돌아가기를 기다리고 있었다. 그리고 하카타항에 화물선들이 도착했다.
도착한 화물선들은 1군단에 속한 나머지 사단들을 상륙시켰다. 보병 3사단이 상륙했고 그 후 보병 6사단과 보병 11사단을 상륙시켰다.
근위 2사단과 보병 7사단, 보병 8사단, 보병 9사단이 바다를 건너려는 가운데, 일본군을 상대로 대승을 거둔 사실이 조선에 전해졌다.
신문을 통해서 백성들이 소식을 들었다.
신문의 사진이 백성들의 눈에 새겨졌다.
"또 이겼어!"
"이번에는 6만명을 상대로 전멸시킨 거야?!"
"아군 병력은 고작 3만명밖에 안 되는데, 배에 이르는 왜

적들을 깨부숴어!"
"우리 군 장군님들이 전부 명장들이시구나!"
"이겼다!"
"와아아아아~!"
신문을 통해 일본의 정예군이 30만명 정도인 것을 알고 있었다. 그중 5분의 1이었고 일본군 지휘관들이 다수 저격당하면서 죽임을 당했다.
지휘 체계를 무너뜨리고 보급을 어지럽힌 뒤, 완벽한 방어전술과 기관총, 화포로 적을 압살한 사실이 신문에 적혀 있었다. 그것을 본 백성들은 자신이 조선인이라는 사실에 자부심을 느꼈다.
"이제 정말 우리도 당당한 나라의 백성이야!"
"얼마든지 쳐들어와봐! 박살을 내줄 테니까!"
"조선이야말로 세상 최고의 나라야!"
주모를 급히 찾았고, 약주를 심하게 들이켰다.
초전에 일본을 상대로 이긴 자신감으로 서양 강국과 싸워서도 충분히 이길 것이라 강하게 믿기 시작했다.
만세 외침이 하늘에 울려퍼지는 가운데, 누군가는 사람들의 환호에 동참하지 못하고 가족을 잃은 슬픔에 잠기게 됐다.
하카타 외곽에서 방어전을 벌이다가 전사한 장병들이 있었다. 그들의 수는 총 195명이었고, 큰 전투를 치른 것 치고는 꽤 적게 전사한 것이었다.

그러나 분명히 슬픈 일이었다.

바다 건너 집으로 돌아온 자는 절대 보고 싶은 가족의 이름을 부를 수 없었다. 정복을 입은 부사관이 전장에 지아비를 보낸 여인의 집에 도착했다.

헛기침을 하며 그를 따라온 병사와 눈치를 살폈고, 마당에서 서성이며 마을 사람들의 시선을 집중시켰다.

그때 남의 빨래를 해주면서 돈을 버는 여인이 집으로 돌아왔다. 그녀는 집 앞에 정복을 입은 병사를 보고 자신의 남편은 아닐까 하며 생각했다.

기대감을 안고 한 걸음에 달려온 그녀는 병사의 얼굴을 보고 실망에 빠져들었다. 마당 입구에 선 여인을 보면서 검은색 정복을 입은 부사관이 물었다.

"혹, 이찬 상병의 부인이십니까?"

"네? 상병인지는 모르겠지만… 제 지아비는 맞습니다……."

"전사 통보를 드리기 위해서 왔습니다. 이찬 상병이 전선에서 적을 상대로 용감히 싸우다가 전사했습니다. 이를 부인께 알려드립니다."

"네……?"

"부군께서 전사하셨습니다."

"……."

부사관의 전사 통보를 믿을 수 없다는 듯 여인은 멍한 표정을 지었다.

그리고 다리가 풀려서 주저앉았다.

등에 업혀서 잠을 자고 있던 아기가 깨어서 울음을 터트렸다. 여인이 고개를 가로저으면서 지아비의 죽음을 부정했다.

"그럴 리가 없어요. 서현이 아버지가 전사라니요…? 분명히 무사히 돌아온다고 했었단 말이에요… 절대 죽었을 리가 없어……."

지아비의 죽음을 부정했다.

그리고 그녀를 안쓰럽게 바라보며 부사관이 병사와 시선을 주고받고 봉투 한부를 꺼내 여인에게 건네줬다.

봉투를 받은 여인이 울먹이면서 부사관에게 물었다.

"뭐… 뭐예요…? 이것은……?"

부사관이 힘들게 대답했다.

"유서입니다……."

"네……?"

"부군께서 부인을 위해 미리 써뒀던 유서입니다. 읽어보십시오……."

유서라는 이야기에 여인이 눈에 눈물이 핑 돌았다.

봉투를 받는 손이 덜덜 떨렸다.

안의 편지지를 꺼내면서 제발 남편의 편지가 아니기를 바랐다. 그리고 다른 글씨체에 부사관을 쳐다봤다.

"원서는 피로 물들어서 새로 썼습니다… 내용은 그대로입니다. 읽어보십시오……."

희망이 절망으로 바뀌는 듯했다. 밀려드는 슬픔을 견디면서 천천히 유서를 읽기 시작했다.

그 안에 사랑의 감정이 담겨 있었다.

[보시오, 부인. 내가 이런 유서를 쓰게 될 줄은 몰랐소. 솔직히 쓰기 귀찮소. 왜냐하면 난 무사히 돌아갈 거니까. 유서를 쓰면 오히려 부적처럼 쓰인다고 하니 쓰는 것인데, 전쟁터에서 또 내가 어찌 될 줄 알겠소. 그래서 이 유서를 쓰게 됐소. 내가 죽었다고 생각하면서 말이오. 이 유서를 읽는 부인이 앞으로 나 없는 세상에서 정말 잘 살아줬으면 해서 쓰는 것이오.

우리 서현이 정말 잘 키워주시오. 아비 없이 크더라도 그렇게 컸다는 소리를 듣지 않도록 예의 바르게, 강하게 키워주시오. 또 좋은 남자를 알아볼 수 있도록 잘 가르쳐주시오. 우리 딸이 하고 싶은 것이 있다면, 마음껏 펼칠 수 있도록 해주시오. 조선은 백성들을 위한 나라가 될 것이기에 우리 딸이 꿈을 펼칠 수 있을 것이오. 그리될 수 있도록 좋은 스승을 붙여주시오.

부인을 홀로 남겨둬서 미안하오. 호강시켜주겠다는 말만 믿고 나와 혼례를 치러줬는데, 이렇게 가게 되어서 너무 미안하오. 정말 보고 싶소. 그리고 안아주고 싶소. 죽는 순간에라도 부인을 너무 보고 싶소. 하지만 빨리 오진 마시오. 서현이가 어미가 되고 외손자외손녀도 보고 그 아이들로부터 효도를 받고 행복하게 지내다가 오시오.
혹, 나 대신 부인을 참으로 아껴주는 남자가 있거든, 그 남자의 사랑을 받고 행복하게 살다 오시오. 그러면 부인과 그 남자를 따뜻하게 반겨주리다.
먼저 가서 미안하오.
사랑하오, 부인.]

"흐흑……."
"……."
"흐흐흑… 흐흑…! 여보……!"
유서를 가슴에 끌어안고 오열했다.
등에 업혀서 울던 아기는 지쳐서 이미 잠들어 있었다.
그리고 그녀와 아기를 두 군인이 안타까운 마음으로 내려다봤다.
그녀에게 이찬이 기다리고 있음을 알려줬다.
"대전 현충원에서 부군께서 기다립니다. 그곳에서 육군장을 치를 겁니다."
마지막 인사를 위해 사력을 다해서 자리에서 일어났다.
그리고 두 군인의 안내를 받아 승전의 기쁨을 마음껏 누리길 원하는 백성들 사이를 지나갔다.
그들이 그녀 자신의 슬픔을 알아주길 원하는 것은 아니었지만 적어도 전장에서 목숨 바쳐서 싸웠던 사람이 있음을 알아주길 원했다.

그렇게 대전으로 가 전사자들을 위해서 나라에서 마련한 묘지로 향했다.

아직 완전하게 묘지가 조성된 상태가 아니었기에 곳곳에서 건물을 지으며 공사를 하고 있었다.

그중에 양지바른 묘역이 미리 조성된 곳이 있었고, 전사한 장병들을 그곳에 묻어주려 했다.

전부터 있었던 기와집에서 전사 장병들을 위한 장례가 치러지고 있었다.

유족들이 그곳에서 슬퍼하며 눈물을 흘리고 있었다.

친척의 전사 소식을 들은 백성들이 사촌육촌 할것 없이 모두 방문해서 나라를 위해 싸운 사람들에 대한 예의를 갖췄다.

그리고 오랫동안 보지 못했던 사람들과 인사를 나눴다.

그때 집 밖에서 크게 일어나는 외침을 들었다.

"주상 전하 납시오!"

사람들이 귀를 의심했다.

"주… 주상 전하라고……?"

"전하께서 현충원에 오셨어……?"

"진짜……?"

"한양에서 여기까지가 얼마나 먼 길인데, 전하께서 오셔……?"

"설마……."

믿기 힘들다는 반응을 보이면서 혹시나 하는 생각으로

대문을 향해 고개를 들어보았다.

그리고 문 안으로 들어오는 이희를 봤다.

검은색 군 정복을 입고 안으로 들어온 이희를 보면서 사람들은 정말로 왕이 전사자의 장례식장에 행차한 것을 알게 됐다.

울음을 멈출 수 없었던 유족도 그 순간만큼은 숨을 삼키게 됐다. 왕이 사람들의 인사를 받으며 마당에 섰다.

그리고 주위를 돌아보다가 함께 온 대신과 원장에게 물었다.

"이쪽인가?"

"예. 전하."

"저기의 백성들은 유족이겠군. 나중에 과인이 친히 살피겠다."

장성호에게 말하고 전사 장병들의 이름이 걸린 명패 앞에 섰다.

명패 옆에는 전사 장병들이 훈련소와 육군사관학교, 부사관학교에서 찍었던 사진이 있었다.

그리고 그 사진속의 장병들은 하나같이 웃으면서 나라를 지키는 대업에 동참하게 된것을 매우 기뻐하고 있었다. 사진 속에 담긴 그들의 얼굴을 이희가 손으로 어루만졌다.

마치 한명, 한명 기억하겠다는 듯이 그들의 얼굴을 만지고 명패에 쓰인 이름을 눈에 새겨넣었다.

그리고 명패 앞에다가 작은 함을 하나씩 내려놓았다.

그 함 안에 총과 검 문양이 새겨진 참전 훈장과 방패 문양이 새겨진 의사 훈장이 잘 정돈된 모습으로 담겨 있었다.
그것을 본 백성들이 술렁였다.
'훈장이다!'
'저게 훈장이구나! 처음 봤어!'
전사한 이들의 수고를 나라에서 알아줬다.
그리고 식장 중앙으로 와서 이희가 섰다.
그는 조선 최고의 권력을 지닌 통수권자였으며, 최고 계급을 지닌 지휘관이었다.
그 사실을 유족과 백성들에게 알렸다.
"과인은 이 나라 통치자이자 최고 계급을 지닌 군인이다. 이들은 나라와 왕실과 백성을 위해 용감히 싸웠으며, 소중한 목숨을 담대히 버렸으니 이들 앞에서 과인이 과연 어떠한 권위를 세울 수 있겠는가. 마땅히 먼저 경례함으로서 예를 나타낼 것이다. 이들은 과인의 경례를 받을 자격이 있다!"
이희 뒤로 장성호와 대신들이 서고 장병들이 섰다.
이희가 차렷 자세를 취하자 나머지도 차렷 자세를 취하면서 인사할 준비를 했다. 그리고 이희가 전사자들에게 경례하며 그들의 숭고한 뜻을 기렸다.
장성호와 대신들이 허리 굽혀서 인사했고, 장병들을 따라 경례하면서 전사자들에 대한 예의를 나타냈다.
군모 앞에 붙였던 손날을 내리자 그의 경례를 지켜봤던

유족이 감동에 겨운 눈물을 흘렸다.

그리고 전사자들의 얼굴을 확인하고 이름을 다시 살핀 뒤, 유족에게 와서 그들을 위로하기 시작했다.

여인이 한명 있었고, 그녀의 품에 아기가 안겨 있었다.

여인에게 이희가 이름을 물었다.

"이름이 어떻게 되는가?"

그리고 대답을 들었다.

"청하라고 합니다……."

"지아비가 전사했는가?"

"예… 전하……."

"지아비가 누구인가?"

"병장… 이찬입니다… 일본 하카타에서 싸우다가 전사했다고 들었습니다……."

"나라를 지키려고 싸우다 전사했으니, 그가 영웅이 아니면 누가 영웅이겠는가? 단언컨대 과인은 이찬 병장이 과인과 백성을 지켰다는 것을 기억할 것이다. 또한 과인이 백골이 되더라도 세상에 조선이 남아 있는 한 이찬의 이름도 영원히 기억될 것이다. 이를 네게 약조한다."

"성은이 망극하옵니다… 전하…! 흐흑……!"

나라에서 지아비를 영웅이라 말하며 기억하겠다는 말에 그의 아내인 청하가 눈물을 흘렸다.

그녀가 안고 있던 아기를 이희가 어루만졌다.

그리고 그 아기가 잘 클 수 있도록 조선을 좋은 나라로 만

들 것이라고 약속했다.
다른 유족들의 마음도 이희가 대신들과 함께 살폈다.
그중 한 노인이 눈물을 흘렸다.
그녀는 전사한 병사의 조모였다.
주름진 얼굴에 슬픔이 가득했다.
"전하… 쇤네는 서씨 성에 유현이라는 이름을 가진 병졸의 할머니입니다……."
"안다. 그 아이 또한 이 나라의 영웅이다."
"우리 유현이가 어렸을 때 청군과 왜놈들이 들어와서 전쟁을 치렀습니다… 그때 제 자식과 며느리가 죽었지요… 다른 아이들은… 마마에 걸려서 죽었습니다… 쇤네에겐 유현이가 유일한 피붙이입니다……."
"……."
"제게 너무나 소중한 손자를 이렇게 귀하게 여겨주셔서 감사합니다… 미천한 백성이 묘비 하나 없이 죽는게 허다한데… 전하께서 친히 영웅이라 말씀해주시고… 쇤네가 저승길에 오르더라도 손자의 묘를 보살펴주심에… 성은이 망극할 따름입니다… 참으로 감사합니다……."
"……."
"이제 죽어도 여한이 없습니다……."
홀로 남은 유족이었다.
자식과 며느리를 청일전쟁 때 잃고, 남은 자녀들도 천연두로 잃게 된 한 많은 여인이었다.

그녀의 유일한 피붙이인 손자가 전장에서 목숨을 잃었다. 그녀 앞에서 이희가 무릎을 꿇었다.

"전하……!"

대신들이 움찔한 가운데 이희가 근엄한 목소리로 말했다.

"과인에게 체통을 지키라 말하지 마라! 체통 때문에 과인의 백성을 위할 수 없다면 마땅히 그런 권위도 벗어 던져야 할 것이다! 그것이 과인의 통치다!"

"전하……."

그리고 손자를 잃은 조모의 손을 잡았다.

등이 굽은 여인의 주름진 손을 어루만지면서 이희가 안쓰러운 마음을 드러냈다.

"누구도 소중했던 자식을 대신하지 못한다. 그러나 과인이 그 그리움을 덜어낼 수 있다면 과인이 자식이 될 것이다. 과인이 백성의 아버지이고 유현이 과인의 자식과 같은데, 그 조모에게 어머니라 부르지 못할 이유가 어디에 있겠나. 어머니는 강건하실 것이며 과인의 효도를 받을 것이다."

"전하…! 흐흐흑… 흐흑……!"

왕이 어머니라 부른다 해도 그가 자식이 아니라는 것을 알고 있었다. 그러나 그가 하는 이야기를 듣고 싶었다. 나라를 위해서 전사한 자가 존경을 받고 그 유족이 왕으로부터 존대 받는 모습을 보고 싶었다.

그 모습을 지켜보고 있던 모든 사람들이 울었다.
유현의 조모가 이희에게 안겨서 오열했다.
"성은이… 망극하옵니다…! 전하……!"
백성의 슬픔을 느끼며 이희가 눈물지었다.
궁내부 관리가 손수건을 주자 촉촉해진 눈가를 닦고 호흡을 가다듬었다. 그리고 유족들의 인사를 받으면서 장례식장에서 빠져 나갔다.
그 후로 며칠동안 계속 장례가 이뤄졌다.
마지막 날에 전사자들의 시신이 담긴 관이 빠져나갔고 총성으로 그들의 숭고한 의지를 기념했다.
이찬이 묻힌 자리 앞에서 청하가 아기를 안고 삶에 대한 의지를 세웠다.
"우리 서현이를 강하게 키울게요… 당신이 지킨 이 나라에서 우리 딸이 꿈을 제대로 펼칠 수 있도록 말이에요… 그렇게 힘쓸게요……."
여느 집 여식처럼 키울 수 있었다.
그러나 이제 아비 없이 커야 하는 서현이는 강하게 자라나야 했다.
그렇게 다짐하며 작은 묘비 앞에서 비켜났다.
이희로부터 어머니라 부름을 받았던 조모가 손자의 묘비 앞에서 주저앉아 눈물을 흘렸다.
"현아… 흑흑… 할미다… 거기서 잘 지내고 있거라… 우리 새끼……."

쉽게 떨어질 수 없었다.

누구도 죽은 손자 앞에서 오열하는 조모의 슬픔을 거둬들일 수 없었다.

그저 지켜보면서 그녀의 한이 잠들기만을 기다렸다.

그렇게 전사자들이 대전 현충원에 묻혔다.

임진강 북쪽에 사는 전사자들은 평양현충원에 묻히면서 그 묘역이 나라의 보살핌을 받았다.

* * *

한양으로 돌아와서도 이희의 마음은 가벼워지지 않았다. 이희는 협길당에서 장성호와 김인석과 마주 앉았다.

"정말로 전쟁이로군. 적을 상대로 대승을 거둬도 쉽게 지워지지 않는 불편함이야."

"그래서 전쟁을 피하려 하는 것입니다. 병법에서도 싸우는 것은 하책이라고 하지요. 하지만 하책보다 못한 것이 있습니다."

"정복당하는 것을 말인가?"

"그것을 포함해서 전쟁을 피하려다가 더 큰 전쟁을 불러들일 때입니다. 하지만 평화 외에 모든 것은 좋지 않은 일이고, 그런 일은 미연에 방지하는 것이 좋습니다. 그러려면 반드시 강국이 되어야 합니다. 세상에서 최강국이 되어야 전쟁과 평화를 우리 힘으로 결정지을 수 있습니다. 그

렇지 않으면 우리가 원하지 않는 전쟁을 치르게 될 겁니다."

장성호의 이야기를 듣고 이희가 고개를 끄덕였다.

그리고 김인석에게 물었다.

"유과장은 지금 어떻게 하고 있나?"

성한의 상황을 묻고 대답을 들었다.

"소유하고 있는 회사들을 통해서 조선을 지원하는 데에 힘쓰고 있습니다."

이어 장성호가 이희에게 말했다.

"지금쯤이면 미국 본토에 우리가 일본과 전쟁을 치르고 있는 사실이 전해졌을 겁니다. 유과장의 회사가 미국 정계와 묶여 있어서 알렌 공사가 밝혔던 지원 차원을 넘어서 더 큰 지원이 이뤄지게 될 겁니다. 유과장이 그렇게 만들 겁니다."

동양에서 일어나는 일이 온 세상에 알려질 시점이었다.

세상이 미개하게 여기는 두 나라가 전쟁을 벌이고 있었고, 그 결과에 맞춰서 각 나라의 국익을 위해 행동하려고 했다.

세상은 절대 패자의 편을 들지 않는다.

그것이 정의가 되든 불의가 되든 상관없이 승자의 편에서서 이익을 탐하는 것이 변하지 않는 만고불변의 진리였다.

그것을 강림한 자들이 이용하려고 했다.

신조선 책비

원성을 높이다

해풍이 심하게 불었다.

싸이클론이라 불리는 폭풍이 항구에 엄습하려고 했다.

바다에 나가있던 배들이 항구로 들어왔고, 홋줄을 부두에 단단하게 묶으면서 피항한 배가 바다로 떠밀려 가지 않도록 만들었다.

그리고 현문으로 이어진 다리를 통해 승조원들이 내렸다.

동양에서 온 선원이 부두에서 기다리고 있던 사람을 만나서 악수했다.

그는 인도 뭄바이 항구의 관리자였다.

"죽을 운명은 아닌 것 같군."
"하루 차이로 피항했소."
"동쪽에서 온 소식은 없소?"
"안 그래도 청나라와 일본이 있는 동양에서 솔깃한 이야기를 가지고 왔소."
"어떤 이야기를 말이오?"
"조선이 일본을 상대로 선전포고했소. 나는 청나라를 상대로 이긴 일본에게 조선이 먹힐 줄 알았는데, 최근 몇 년 동안 한방 먹이는 일도 많았고 이제는 일본을 상대로 먼저 전쟁을 치르겠다고 선포했소. 생쥐도 궁지에 몰리면 고양이를 무는가보오. 그런데 그 생쥐 덩치가 고양이만 해졌소. 그래서 조선에 거는 기대가 크오."
"그래도 생쥐는 생쥐요. 설마 그 미개한 나라가 일본을 상대로 이기겠소? 일본도 미개하긴 마찬가지지만. 어쨌든 알겠소. 세 나라에 주재하는 우리 공사로부터 받은 공문이 있소?"
"여기 있소."
"주시오. 내가 본국에 전문을 보내겠소. 동방에서 전쟁이 일어난 사실을 전해야겠소."
긴급하지 않았고 소소한 일이었다.
뭄바이항을 관리하는 영국 관리와 항구에 피항한 선박의 선장은 조선과 일본의 전쟁을 두고 미개한 나라들끼리 벌이는 볼거리 없는 전쟁이라고 생각했다.

러시아가 참전했다면 이야기가 달라졌을 테지만 열강이 아닌 두 나라의 전쟁에 대해서는 크게 관심을 두지 않았다.

그저 동양 정세를 파악하는 일을 충실히 행할 뿐이었다.

영국의 군주가 황제의 직위를 가지고 있는 인도 식민지에서 전문을 통해 런던으로 동양의 정세가 전해졌다.

영국의 실권자는 총리였고, 군주인 영국의 국왕이자 인도 황제는 '대영제국'이라 불리는 대제국의 상징이었다.

그러면서 실권자인 총리에게 의중을 전하고 나라의 방침을 전하곤 했다.

19세기에 빅토리아가 여왕으로 재위에 올라 대영제국의 최전성기를 열었고, 그녀의 맏아들인 '에드워드 7세'가 빅토리아가 죽은 후에 영국의 군주를 상징하는 스코틀랜드의 왕위에 올라 인도 황제가 되었다.

그가 아침 식사를 마치고 차를 마신 뒤 집무실 의자에 앉았을 때였다.

총리인 '로버트 아서 탤벗 개스코인세실' 솔즈베리 후작이 에드워드 7세의 집무실로 들어왔다.

그가 영국 국왕에게 인사하고 아침 보고를 전했다.

보고를 들은 에드워드 7세가 눈두덩을 움찔했다.

"조선이 일본에게 선전포고했다고?"

"예. 폐하."

"구실이 뭐였소?"

"조선의 부산이라는 곳 신 부두 건설 완공식장에서 폭발 시도 사건이 있었습니다. 그때 일본의 흑룡회가 일을 벌였고, 조선 정부에 불만을 가진 조선 관리가 벌인 짓으로 꾸미려 했습니다. 조선 정부가 이를 미리 파악해서 잘 막았습니다. 만약 막지 못했다면 미국 공사관원들이 피해를 입고 우리 공사관원들도 피해를 입었을 겁니다. 때문에 동방의 모든 공사관이 일본 정부에게 맹비난을 가한 상태입니다. 조선이 선전포고를 한 상태에서 일본의 동맹인 러시아는 우리와 미국의 참전을 우려해서 참전 선포를 하지 않았습니다."

"그래서 조선이 일본에게 선전포고를 했군."

"적어도 일본 편을 드는 나라가 없다고 생각해서입니다. 그리고 이미 승패의 방향이 결정되었다고 생각합니다. 조선과 일본은 너무나 가까운 나라고, 바다에서 이기는 나라가 전쟁에서 승리할 겁니다. 그 보고를 지금 기다리고 있습니다. 그리 오래 걸리지 않을 거라고 생각합니다."

조선과 일본이 벌이는 전쟁의 결과를 기다리고 있었다.

그 결과에 따라 대영제국의 방침을 정하려고 했다.

비록 조선이 일본에 비해 전력이 열세하긴 했지만, 조선이 해전에서 승리하면 조선을 돕고, 일본이 승리하면 일본을 도우려고 했다.

러시아와 동맹을 맺었다고 해도 결국 영국에게 돌아올 나라가 일본이라 예상하고 있었다.

그리고 예상보다 빠르게 해전 결과에 관해서 보고가 전해졌다.

총리 비서실 보좌관이 외무부로부터의 보고를 듣고 에드워드 7세의 집무실로 들어왔다.

그가 개스코인세실에게 보고하려 하자 에드워드 7세가 물었다.

"무슨 일인가?"

바로 영국 국왕에게 보고를 전했다.

"조선이 일본을 상대로 해전에서 이겼습니다."

"뭣이?"

"조선주재 공사인 조던 공사가 전한 소식입니다. 일본을 상대로 조선군이 섬멸전을 벌였다 합니다. 일본의 해군 전력이 완벽히 붕괴되었습니다."

보고를 들은 에드워드 7세와 개스코인세실이 눈을 크게 키웠다.

믿을 수 없다는 말투로 목소리를 떨면서 개스코인세실이 물었다.

"그게 사실인가?"

"예. 총리."

"믿어지지가 않는다. 아무리 조선이 해군전력을 크게 키웠다고는 하지만 훈련도에서 엄연히 차이가 날 텐데……?"

"저도 그렇게 생각했습니다. 하지만 조던 공사의 보고로는 조선의 신문사 기자들이 사진으로 전투 장면들을 찍어서 결과를 부정할 수 없게 만들었다고 합니다. 저도 솔직히 믿어지지 않습니다."

개스코인세실이 대답을 듣고 몸을 움찔했다.

그리고 에드워드 7세에게 말했다.

"조선이 해전에서 이겼다면 지금쯤 상륙전을 벌이고 어쩌면 일본의 영토 한곳을 점령했을 수도 있습니다. 일본은 4개의 큰 섬으로 이뤄진 나라인데, 각 섬에 병력이 흩어져 있어서……."

"각개 격파당할 수도 있겠군."

"예. 폐하. 때문에 조선의 승리가 유력해졌습니다."

판세가 조선에 기울어진 것을 두 사람이 공감했다.

에드워드 7세가 비서보좌관에게 물었다.

"조던 공사는 어떤 조치를 내렸는가?"

그리고 대답을 들었다.

"처음에는 이긴 나라의 손을 들어주려고 했습니다. 하지만 조선이 해전에서 이기는 바람에 조선의 승리를 기정사실화하고 동아시아의 중심 국가가 될 것이라고 예측했습니다. 따라서 조선에 회사들을 진출시킨 미국의 영향력이 주변 나라들뿐 아니라 우리 식민지에게도 미칠 것을 우려해, 우리 회사를 조선에 진출시키는 조건으로 군수품 지원의 뜻을 조선 정부에 밝혔습니다. 하지만 그들이 거부했습니다."

"이기고 있는데 굳이 빚질 이유가 없겠지."

"그렇게 여겨집니다. 그리고 동맹이지만 군사지원을 하지 않은 우리를 불신하며 불만을 가지고 있다는 뜻을 조선 정부에서 전해왔다 합니다. 이후로도 계속 지원 의사를 알렸지만 계속 거부하고 있다 합니다."

개스코인세실이 얼굴을 찌푸리면서 말했다.

"건방진 놈들! 미개한 동양 나라가 감히 우리의 도움을 거절해? 동맹을 맺어준 것만으로 감사해야 할 판에……!"

조선에 대한 원성이 높아졌다.

그러나 화난 감정만큼 조선에게 뭔가를 할 수 있는 상황은 아니었다.

그저 분노를 삼키며 주먹을 불끈 쥘 뿐이었다.

한참을 생각하다가 에드워드 7세에게 힘들게 말했다.

"필립제이슨의 페니실린과 포드모터스의 자동차는 이미 유럽에서도 소문난 미국산 상품입니다. 조선에서 우리가 선점을 놓치게 되면 막대한 국익을 놓치게 됩니다."

"말하고자 하는 것이 뭐요?"

"지금 상황에서 조선을 협박할 수도, 강제로 우리 공장을 지을 수도 없습니다. 우선 조선과의 관계를 우호적으로 만들어야 합니다. 놈들이 괘씸하지만 대영제국을 위하려면 그들을 달래고 러시아를 견제해야 됩니다. 그래서……."

"조건 없이 군사지원을 해야 된다, 이 말이오?"

“예. 폐하. 최소한 해군 함대를 조선에 보내서 함께 일본을 공격해야 됩니다. 그렇게 하셔서 우리의 적과 동맹을 맺은 나라의 말로를 세상에 보여줘야 합니다. 그것이라도 없으면 우린 조선과 일본의 전쟁에서 아무 것도 얻지 못합니다. 조선에 주재하고 있는 공사에게 이를 지침으로 내리셔야 합니다. 조선에게 요구하는 것은 그 이후에 하셔도 늦지 않습니다. 미개한 나라라도 친선을 도모하고 거래를 이뤄내야 합니다.”

총리의 말을 듣고 에드워드 7세가 고개를 끄덕였다.

“짐이 위임한 권한으로 모든 것을 행하시오. 그리고 결정되고 지침을 내린 후 짐에게 보고하시오. 나는 총리를 완전히 신임하겠소.”

“감사합니다, 폐하. 바로 조치를 내리겠습니다.”

비서보좌관을 통해서 곧바로 외무부에 지침을 전했다.

그 지침은 다시 전신을 통해 뭄바이로 전해졌고, 연락선을 통해 조선에 주재하고 있는 조던에게 전해지려고 했다.

무선 통신이 완전히 실시되는 시대가 아니었다.

때문에 조선과 일본의 전쟁을 세상이 아는 데에는 꽤나 많은 시간이 걸릴 수밖에 없었다.

일본에서 출발한 연락선이 한달이 지나 미국의 워싱턴 D.C에 닿았다.

그때까지만 해도 미국 정계가 폭풍에 휩싸일 거라고 생각한 사람은 일부 조선인들 외에 아무도 없었다.

* * *

“수술을 끝내겠습니다. 환자를 회복실로 보내주세요.”

“알겠습니다. 선생님.”

“후, 덥네. 저는 좀 쉬도록 할게요.”

“예. 그렇게 하세요.”

6시간이 넘는 긴 시간의 수술을 마치고 수술실에서 지연이 나왔다.

그녀가 수술실에서 나오자 주변을 지나가던 의사와 학교 학생들이 그녀를 쳐다봤다.

그들은 더 이상 동양인이라는 이유와 여성이라는 이유로 편견을 담은 시선을 보내지 않았다.

최고로 빠른 손속과 풍부한 임상 지식을 가지고 있는 그녀를 결코 무시할 수 없었다.

때문에 사람들은 그녀를 존경했고, 어려운 수술이 있을 때마다 반드시 그녀를 찾아서 집도를 맡겼다.

그렇게 사람을 살리는 보람과 고생 사이에서 시간을 보냈다.

휴식하면서 커피를 타 먹으려고 할 때, 그녀와 함께 일하는 백인 의사가 먼저 다가와서 커피가 담긴 잔을 줬다.

“뭐죠?”

“뭐긴, 커피지. 받아.”

"고마워요……."

1년 먼저 전공의가 된 '데이비드 루스'라는 이름을 가진 의사였다.

그가 준 커피를 마시면서 나란히 의자에 앉아 휴식을 취했다.

루스가 지연에게 말을 걸었다.

"알아보니 내일부터 휴가더군. 혹시 휴가 계획 같은거 있어?"

"뉴욕에 갈 거예요."

"뉴욕?"

"가족이 있어서요. 가족과 시간을 보낼 거예요. 그런데 제 휴가 계획은 어째서 묻는 거죠?"

지연의 물음에 루스가 당황한 표정을 지었다가 피식 웃었다.

"사실, 나도 내일부터 휴가거든. 그래서 괜찮으면 점심 식사나 함께 하자고 말하려고 했지. 그런데 뉴욕에 간다고 하니……."

루스의 이야기를 듣고 지연이 단호하게 말했다.

"애인 있어요."

"뭐?"

"남편은 아니지만 어쩌면 그렇게 될 수도 있는 사람. 그 사람이 뉴욕에 있어요."

지연의 대답을 듣고 루스가 목소리를 떨었다.

"그렇군……."
"미안해요."
"아냐. 어쩔 수 없지. 섣부르게 생각한 내 잘못이야. 그리고 혹시나 해서 말하지만 네가 동양인이라고 만만하게 생각해서……."
"알아요. 그렇게 생각하는 게 아니라는 거."
"그래… 그렇게 생각해주니 고맙군. 어쨌든 뉴욕에 잘 다녀와. 그 남자와 좋은 시간 보내고."
지연이 대시에 실패한 루스를 격려했다.
"저보다 좋은 여자 만날 거예요."
"그런 여자를 쉽게 찾을 수 있겠어? 너처럼 당당한 여자는 세상 어디에도 없을 거야."
루스가 몸을 일으켰고 지연은 힘 빠진 그의 뒷모습을 바라봤다.
훤칠한 키에 누가 보더라도 미남이라 할 수 있는 외모를 지니고 있었다.
그가 떠난 뒤 지연은 씁쓸하게 커피를 마셨고, 빈 잔을 잘 씻어서 휴게실의 보관함에 잘 정돈해서 넣었다.
다음 날, 휴가를 맞이해서 기차를 타고 뉴욕으로 향했다.
심유정과 함께 뉴욕으로 향하는 동안 지연이 창밖을 보면서 생각에 잠겼다.
유정이 그녀의 고민을 알아봤다.
"무슨 생각해요? 언니?"

"음? 아… 그냥……."

"혹시, 과장님 생각하시는 거예요?"

지연이 피식 웃으면서 대답했다.

"너한테는 숨기지도 못하겠어. 그래, 맞아. 성한이를 생각하고 있었어. 저번에 죽을 뻔했는데 이번에도 그런 일이 생긴건 아닌지 걱정이야."

"걱정하지 않아도 될 것 같아요."

"어째서?"

"무소식이 희소식이잖아요. 무슨 일이 있었다면 분명히 연락이 있었을 거예요."

눈앞에서 성한이 저격을 받고 울먹였던 일을 기억했다.

사람을 살릴 수 있는 의사임에도 어떻게 해야 할지 몰라 혼란에 빠졌었던 일을 기억했다.

그리고 성한을 끌어안고 안도의 한숨을 쉬었던 일을 기억했다.

'무사해서 다행이야……'

그것은 진심이었다.

그 마음을 안고 뉴욕에 있는 성한의 집으로 향했다.

일본의 사주로 갱단의 습격을 받은 일이 있었기에 성한과 대원들의 집이 이스트 강변에서 맨하튼 방면으로 옮겨져 있었다.

맨하튼 내 센트럴 파크가 남쪽 방향에서 잘 보이는 건물이 성한의 집이었다.

공원 바로 옆에 있는 건물이었기에 몇 층만 높아져도 얼마든지 햇빛을 받을 수 있었다.

그리고 공원을 감싼 건물들을 낮의 절경과 야경으로 즐길 수 있는 건물이었다.

그런 집에 지연이 도착해서 빈 방을 둘러보게 됐다.

"와, 여기가 내 방이야?"

"그래. 뉴욕에 오면 이 방은 네가 쓰는 거야."

"이런 곳에 살아도 되는거 맞지? 이런 곳에서 지낼 수 있다는 것이 믿어지지가 않아. 세상에……."

센트럴 파크가 잘 보이는 창문은 벽이 없는 것처럼 느껴질 정도로 큰 통 유리 창문이었다.

때문에 지연이 지내는 방에 큰 개방감을 선물하고 있었다.

그리고 베이지색으로 된 벽지와 대리석 바닥이 한껏 고급스러움을 자랑하고 있었다.

한쪽에는 지연과 유정이 요리할 수 있는 주방이 있었고, 다른 곳에는 두 사람이 옷과 신발을 보관할 수 있는 방이 있었다.

거기서 원하는 옷과 신발을 마음대로 고를 수 있었다.

그리고 개인적으로 일할 수 있는 방과 서재가 있었다.

큰 거실 하나를 두고 방 4개로 두 사람이 여유롭게 쓸 수 있었다.

아래층으로 두층은 대원들이 쓰고 있었고, 위로 한층은

성한이 쓰고 있었다.

성한의 호실은 사람들이 모여서 회의를 치르는 곳이기도 했다.

그와 대원들이 쓰지 않는 아래층은 임의로 비워놓은 상태였다.

10층 빌딩 전체를 성한과 대원들이 자유롭게 쓰고 있었다.

이스트 강변에 있던 집도 비싸고 좋은 집이었지만 이곳은 차원을 달리할 정도의 집이었다.

성한에게서 지연이 새로운 사실을 들었다.

"옆 빌딩과 옆옆 빌딩은 얼마 전에 인수했어."

"뭐? 진짜?"

"그래."

"설마 부동산으로 돈을 벌겠다는 거야?"

"땅값이 오를게 눈에 보이는데 사지 않는 것도 웃긴 일이잖아. 돈도 있는데 말이야. 그래서 맨하튼 중심 쪽의 땅과 건물들을 좀 사뒀어. 조만간 건설이 이뤄지면 몇 백배에 이르는 돈을 벌게 될거야. 그걸로 조선을 지원하는 것을 도울 수 있어."

창문 너머로 보이는 센트럴 파크 남쪽 도시를 가리키면서 성한이 말했다.

그리고 그곳에 엠파이어스테이트 빌딩과 50층을 넘나드는 마천루가 세워지는 것을 상상했다.

그 모든 것이 성한의 소유가 될 수 있었다.

지연이 휴가를 받아 새집에 왔기에 성한이 들뜬 표정으로 파티를 예고했다.

"저녁에 뭐 먹을까?"

"뭐……?"

"저녁 식사 말이야. 뭐 먹을래? 스테이크? 아니면 프랑스 요리로 먹을까?"

"……."

"뭐 먹을래?"

성한이 물었고 지연이 피식 하면서 웃었다.

"왜 웃는 거야?"

"다 틀려서."

"틀려?"

"저녁은 유정이랑 내가 요리할게. 오늘 저녁은 따뜻한 밥을 먹고 싶어. 너와 대원들과 함께 말이야. 오늘 만찬은 한식이야."

지연이 말하자 그녀의 피로를 성한이 걱정했다.

하지만 지연은 괜찮다고 말하면서 저녁이 오기 전에 유정과 함께 가까운 시장으로 가서 장을 보기 시작했다.

시장을 돌아볼 때 유정이 지연에게 말했다.

"역사책에서나 본 재래시장이에요. 과장님도 유통업체 창업 같은 것을 생각해두셨겠죠?"

"조만간 창업할 거래. 그러면 아마 미국 최대의 유통 기업이 될거야. 우리에게는 이 시대 사람들이 모르는 지식과 경험이 있으니까. 나 또한 마찬가지고. 우리는 어떻게 하면 최고가 될 수 있는지 알고 있어."

"요리도 말이죠."

"그래."

"맛있게 요리하려면 정말 신선한 식료를 사야겠어요."

밥을 짓기 위해 쌀을 사고 얼음 사이에 진열된 광어를 샀다.

그리고 양파와 파를 비롯한 채소들을 사고 고춧가루와 후추 같은 조미료를 샀다.

차에 식료들을 싣고 집으로 와서 요리하기 시작했다.

평소 두 사람이 살면서 다져온 요리 실력이 발휘됐다.

한시간 조금 지나서 진수성찬으로 된 요리가 차려지고, 성한과 대원들, 김종민과 김세연을 비롯한 뉴욕에 거주하는 팀장과 팀원들이 모여서 식사를 했다.

그들은 하나같이 성한이 소유한 회사의 경영자였다.

모두가 맛있는 요리를 먹으면서 그 맛에 감탄했다.

"광어하면 회밖에 생각이 안 났는데, 이런 단짠은 또 처음이네요."

"정말 요리를 잘하시네요. 이걸 정말 안선생님께서 만드신 거예요? 정말 생각도 못했네요."

사람들의 감상을 듣고 지연이 아련한 표정을 지었다.

"제 어머니께서 자주 만드셨던 요리예요. 특제 소스는

좀 더 제 취향으로 만들었는데 다행이네요. 입맛에 맞아서요. 맛있게 드셔서 너무 감사해요."

"어휴, 저희가 다 감사하죠. 안선생님도 드세요."

"네."

지연의 어머니가 자주 만들었다는 요리에 성한이 묘한 기분을 느꼈다.

어쩌면 그녀가 지어준 밥을 먹는 것은 그녀의 어머니가 만든 요리를 먹는 것과 같은 것이었다.

마치 아내와 장모의 요리를 먹는 것 같은 느낌을 받았다.

"……."

지연과 연애를 하고 있을 때 간간이 집에서 그녀의 어머니를 뵈었던 일이 있었다.

그리고 결혼하겠다는 약속을 한 적이 있었다.

그 뒤로는 바쁜 탓에 덧없이 시간을 보내다가 흐지부지되면서 결혼도 못하고 헤어지기까지 했다.

워싱턴 D.C에서 있었던 일을 기억했다.

'무사해서 다행이야…….'

지연의 진심을 알고 있었다.

그리고 미국에 와서 수시로 그녀를 두고 내 여자라고 말했던 것을 기억했다.

그 또한 진심이었고 서로의 마음을 알고 있었다.

성한이 생각에 잠겨 있을 때 유정이 물었다.

"조선은 어떤 상태입니까?"

그녀의 상관인 박석천이 대신 대답했다.

"대마도 근해에서 적 함대를 격파하고 후쿠오카에서 큐슈 일본군을 궤멸시켰어. 내가 들은 것은 거기까지야."

"워싱턴에서는 일본과 전쟁을 치르는 것을 모르고 있는데 아직 뉴욕은 조용합니까?"

"그래. 아마 미국 전역이 아직 모르는 것 같아. 소식이 닿으면 변화가 있겠지. 특히 과장님께 먼저 연락이 닿을 거야."

석천이 성한을 쳐다보자 유정을 비롯한 다른 사람들도 그를 쳐다봤다.

지연이 앞으로의 상황들을 물었다.

"미국이 조선과 일본이 전쟁을 치르는 것을 알면 사이에 끼어들까?"

그리고 성한이 대답했다.

"현재로서는 어느 정도 조선을 지원하겠지만 함께 일본을 상대로 싸우려 하지는 않을 거야."

"어째서?"

"그야, 일단은 동맹이 아니니까. 그리고 일본을 개항 시킨 것도 미국이지 다른 서양 나라들은 아니야. 일본에 대한 영향을 유지하고 있는데, 조선을 도와서 승리하도록 만들려고 하지는 않을 거야. 그저 해전만 치르고 전쟁이 어느 정도 선에서 마무리되길 원하겠지. 하지만 이것은 미국 정치인들의 바람이고, 실제로는 그런 바람과 전혀 다른 방

향으로 일이 진행될 거야. 조선에는 필립제이슨과 포드모터스를 비롯한 회사들이 진출해 있어."

함께 이야기를 듣던 유정이 눈을 번뜩였다.

"미국 기업인들이 대통령과 정치인들에게 요구하겠군요."

고개를 끄덕이면서 성한이 말했다.

"우리가 이기고 있다는 소식을 듣기 전에는 말이죠. 그 전에 기업인들과 시민들의 요구로 미국의 참전이 결정될 겁니다. 미국 언론사가 그렇게 만들 거예요. 사람들의 불안이 그들의 이익이니까요. 우리 소유의 언론사로 미국 여론을 움직일 겁니다. 때가 머지않았어요."

성한의 이야기를 듣고 사람들이 크게 공감했다.

전쟁은 기득권자들의 이익에 의해서 정해지고, 그들의 결심에 따라 국민들이 따라가는 것이다.

그리고 두 무리가 한 뜻으로 전쟁을 원할 때 반드시 전쟁이 일어날 것이라고 생각했다.

앞으로 펼쳐지게 될 일들을 성한이 예언하자 거실에 설치되어 있던 전화기가 종소리 같은 벨소리를 내기 시작했다.

성한이 직접 수화기를 들고 통화를 연결했다.

그리고 수화기에서 익숙한 목소리를 들었다.

그들은 도청 우려 때문에 영어로 이야기를 나눴다.

"해리 존스입니다."

—필립제이슨의 제이슨 사장이오. 우선, 저녁 시간에 전화를 해서 폐가 된건 아닌지 모르겠소.

"아닙니다. 괜찮습니다. 말씀하십시오."

—긴급한 소식을 들어서 존스씨에게 알려 된다는 생각에 전화를 드렸소.

"어떤 소식입니까?

—조선에서 전쟁이 터졌소. 일본을 상대로 선전포고했다 하오. 조선이 위험에 빠졌소.

서재필의 이야기를 듣고 성한이 담담한 목소리로 대답했다.

"알겠습니다. 하지만 걱정하지 마십시오. 큰일이 일어나진 않을 겁니다. 사원들이 동요하지 않도록 잘 진정시켜주십시오."

—백악관엔 뭐라고 이야기하면 되겠소?

"일본군이 바다를 건너서 조선을 공격하면 필립제이슨사의 회사 자산이 피해를 입고 파견될 직원들이 상해를 입을 거라고 전해주십시오. 그렇게만 말씀해주시면 될 것 같습니다."

—알겠소.

"혹시라도 달리 말씀드려야 할것이 있으면 제가 전화를 드리겠습니다.

—알겠소. 그러면 이만 끊겠소.

"예."

전화를 끊자 지연이 성한에게 누구와 통화했냐고 물어왔다.

성한은 그녀와 사람들에게 통화 상대가 서재필이었음을 알려줬다.

그리고 다시 식탁이 있는 곳으로 가려 했다.

하지만 또 한번 전화벨 소리가 울려퍼지면서 성한의 발걸음을 멈춰 세웠다.

수화기를 다시 들자 이번에는 서재필이 아닌 다른 기업가의 목소리가 울려퍼졌다.

헨리 포드가 성한에게 말했다.

—헨리 포드입니다. 조선에서 전쟁이 일어났다고 하던데, 혹시 아십니까?

포드의 물음에 성한이 대답했다.

"알고 있습니다. 제이슨 사장으로부터 들었습니다."

—일본이 조선을 공격하면 우리 회사의 자산이 피해를 입을 겁니다. 조치가 필요합니다. 존스씨.

성한이 엷게 미소를 띠면서 말했다.

"그 말씀 그대로 미국 대통령에게 이야기하면 될 것 같습니다. 그러면 알아서 미국 정부 차원에서 조치가 있을 겁니다."

—알겠습니다.

"따로 전해야 할 말이 있으면 전화를 걸겠습니다."

—알겠습니다.

전화를 끊고, 이번에는 식당으로 돌아가지 않았다.

다시 전화벨 소리가 울려퍼졌다.

그리고 이번에는 US그룹 회장인 스탠리 조지 하퍼였다.

그에게 성한이 앞서 두 사람에게 했던 이야기대로 말했다.

그리고 전화가 올 때마다 성한은 똑같은 말을 했다.

멀리서 보고 있던 석천이 고개를 흔들었다.

"많이 바빠지겠어."

"그러게 말입니다."

안식의 시간이 끝났다.

총보다 지혜의 힘을 빌린 세치 혀와 붓이 더 무서운 일이었다.

* * *

다음 날, 조선과 일본이 전쟁을 치르고 있다는 소식이 미국 전역으로 알려졌다.

사람들의 손에 신문이 들렸다.

"뭐야? 동아시아에서 전쟁이 일어났어."

"또 청나라예요?"

"청나라는 아니고, 일본과 조선. 청나라와 싸웠던 나라와 속국이었던 나라가 싸우나봐. 온 세상이 전쟁 중이로군."

“전쟁을 하지 않는 나라가 없어요. 다들 평화롭게 지냈으면 좋겠어요.”

“동감이야.”

한 집의 부부가 배달 온 신문을 읽으면서 아침 식사를 준비했다. 신문에 실린 조선과 일본의 전쟁에 관한 기사는 그때까지만 해도 작게 실려서 사람들이 그런 일이 있었다는 것을 겨우 알 수 있는 수준이었다.

그러나 관심 있게 지켜보는 사람에겐 다른 일이었다.

백악관에도 신문이 배달되었고, 대통령인 매킨리가 그것을 읽고 미간을 좁혔다.

그의 집무실엔 뉴욕 시장으로 당선되었다가 부통령이 된 루스벨트가 있었다.

신문을 받기 전에 미리 국무부를 통해서 동양의 정세를 파악하고 있었다.

“조선이 일본을 상대로 선전포고하다니…! 이렇게 어리석을 수가…! 놈들이 과연 일본을 이길 수 있겠소?”

“힘듭니다.”

“8척의 전함과 12척의 순양함이 있는데도 말이오?”

“일본의 전투함은 훨씬 더 많습니다. 그리고 조선의 전함은 함포 구경이 5인치밖에 되지 않습니다. 때문에 덩치만 클 뿐, 사정거리도 일본 해군 전투함의 사정거리에 뒤집니다. 그리고 훈련도에서 명백하게 뒤처집니다. 아마 두 나라 해군이 붙으면 하루 만에 일본의 승리로 결정이 날 겁니다.”

전쟁부 해군차관보좌관이었던 루스벨트의 의견을 듣고 매킨리가 고개를 끄덕였다. 그리고 입술을 질끈 물며 딜레마에 빠진 사실을 토로했다.

“일본이 황당한 짓을 저질렀다는 소식을 들었을 때, 조선이 일본을 상대로 선전포고할 것이라 생각하지 않았소. 승리를 장담할 수 없는 상황에서 두 나라의 전쟁을 원하는 나라는 어디에도 없으니 말이오. 특히 전쟁이 났을 때 조선이 패하면 우리 기업의 자산과 국민들이 피해를 입게 되오.”

매킨리의 이야기를 듣고 루스벨트가 의견을 냈다.

“일단 중재부터 하셔야 됩니다. 일본이 조선을 공격하는 모든 과정을 차단시키셔야 합니다. 그렇게 하셔야 우리 기업의 자산과 국민들을 지키실 수 있습니다.”

“일단 국무장관에게 말해서 조선과 일본 공사관에 전쟁을 중지하라는 요청부터 해야겠소. 만약 일본이 조선을 공격하려 한다면 우리 기업의 자산과 국민들이 피해를 입지 않도록 만들어야 할 것이오. 국민들을 미리 피난 시켰어야 했는데…….”

“이미 늦었습니다. 각하께서 말씀하신 것이 최선입니다.”

“조선이 우리 전략과 국익을 깨버렸소… 인내하지 못한 조선의 군주가 너무나도 밉소. 일단 조치를 내려주시오.

그리고 다른 보고가 올라오면 바로 전해주시오."

"알겠습니다. 각하."

"빌어먹을……!"

일본이 조선에 선전포고를 했다면 모르겠지만 조선이 일본에 선전포고를 한 것이기에 군대를 파병하면 큰 논란이 일어날 수밖에 없었다.

조선이 화를 자초한 일이기에 일본에게 책임을 묻는 것이 아니라 조선이 책임져야 한다는 여론이 일어날 수 있는 것을 경계했다. 그런 상황에서 조선에 군대를 보내면 일본과 교전을 치를 수도 있었다.

관전과 군사개입 모두가 매킨리에게 정치적으로 부담을 주는 일이었다.

그저 일본이 조선 본토로 진격하기 전에 조선이 패전을 인정하고 적당한 선에서 평화협정을 체결하는 것이 최선이라고 생각했다.

그에 관한 조치들이 내려질 때 조선에 진출한 미국 기업들이 급박하게 돌아가기 시작했다.

포드모터스의 임원들이 디트로이트 본사 사옥의 회의실에 급히 모였다. 그들은 눈동자를 굴리면서 사장인 포드가 오기를 기다리고 있었다.

어느덧 회의 시작 시각이 지났고 임원들의 마음이 더욱 다급해졌다. 문이 열리자 포드의 비서가 들어왔고 임원들의 고개가 돌아갔다.

"사장님은?"

보이지 않는 포드를 말하면서 한 임원이 묻자 비서가 대답했다.

"밖에서 사원 가족들을 응대하고 있습니다."

"사원 가족이라고?"

"예. 조선에 파견된 우리 회사 직원의 가족들입니다."

창문 밖으로 이야기 소리가 들리는 듯했다.

앉아 있던 임원들이 자리에서 일어나 창가 앞으로 향했다. 그리고 회사 입구에서 수백명이 넘는 사람들에게 둘러싸인 포드를 발견했다.

그는 일개 사원이라고 소홀히 여기지 않았다.

그 모습을 임원들이 목격하고 있었다.

포드의 옷자락을 한 여인이 붙들고 울고 있었다.

"제발 제 남편 좀 구해주세요… 조선에 가면 큰돈을 벌 수 있다고 사장님께서 말씀하셨잖아요… 제발 구해주세요……."

한 남자가 조선으로 향한 자식을 구해달라고 애원했다.

"백악관 정치인들과 친분을 가지신 걸로 압니다. 제발 조선에 군대를 보내달라고 말해주십시오… 제 자식이 전쟁터에서 죽어갑니다. 사장님……."

"제발… 우리 가족을 살려주세요……."

군중이 아우성치며 포드를 붙들고 울먹였다.

그런 사람들 앞에서 포드는 안쓰러운 표정으로 사람들의

손을 잡고 함께 가슴 아파했다.

그리고 그들의 걱정을 덜어주려고 했다.

"회사 직원들은 전부 가족입니다. 다른 회사는 모르겠지만 적어도 저는 직원들과 함께 포드모터스를 이룬다고 생각합니다. 때문에 한명, 한명이 소중합니다. 백악관과 정부에 도움을 요청하겠습니다."

"꼭 구해주십시오… 사장님……."

"최선을 다하겠습니다……."

결과가 어떻게 될지는 아무도 몰랐다.

그러나 포드는 자신이 할 수 있는 것을 다하고자 했다.

포드의 약속을 받은 직원들의 가족이 돌아가고 회사로 들어온 포드가 임원들과 함께 회의를 시작했다.

그리고 회의에서 조선 공장에 설비 설치를 책임지는 인력 지원 회사가 계약을 파기하겠다고 의사를 전한 것을 들었다.

그 회사에게 인력은 회사 자산의 전부였기에 전쟁터에 사람을 보내는 것은 막대한 손해를 보는 일일 수밖에 없었다. 차라리 위약금을 물리는 것이 나을 지경이었다.

보고를 듣고 포드가 조치를 전했다.

"정부에 도움을 요청할 테니 기다려달라고 전해주십시오. 분명히 정부에서 우리 문제를 해결해줄 겁니다."

어쩌면 원론적인 대답이었다.

그리고 임원들은 그렇게 하겠다고 말하면서 거래처들을

진정시키기 시작했다.

회의가 끝나자 포드가 수화기를 들었다.

그리고 백악관에 연락해 도움을 요청했다.

다음 날, 파견된 직원들의 가족이 다시 회사 앞으로 모였다.

"어… 어떻게 됐습니까? 사장님……?"

사장실에 있다가 회사 밖으로 나온 포드에게 사람들이 물었다. 그리고 포드가 굳은 표정으로 백악관으로부터 들은 대답을 전해줬다.

"조선과 일본에 전쟁을 중단하라는 요청을 했다 합니다."

"군대 파병은요……?"

"계획에 없다고 합니다. 군대를 보내면 우리나라도 전쟁에 휘말릴 수 있다고 해서… 대신 일본에게 절대 조선 본토를 침공해선 안 된다고 경고했다고 합니다. 그리고 미국 국민을 반드시 지켜야 된다고……."

"그것을 왜 다른 나라에게 부탁합니까?!"

"미안합니다……."

"군대를 보내서 미국 시민인 우리 가족을 지키고 구해야 하지 않습니까?! 대통령이 사장님께 그렇게 말했습니까?!"

"죄송합니다. 그것은 알려드릴 수 없습니다."

"어떻게 그런 일을…! 안 되겠어, 이건!"

포드가 전하는 백악관의 답변을 듣고 모인 사람들이 술렁였다.

그들은 조선으로 간 가족을 적극적으로 구하지 않는 미국 정부의 행동에 크게 실망했다.

그리고 포드가 보는 앞에서 그 감정을 서로 공유했다.

실망과 절망이 분노로 표출되기 시작했다.

“어째서 구하지 않는 거야?”

“우리가 가만히 있으니까 정부도 가만히 있는 거야.”

“워싱턴D.C에 가서 우리의 목소리를 전해야 돼! 군대를 보내서 우리 가족들을 구해야 된다고 말이야!”

“일본이 우리 가족을 해친다면 일본과 전쟁이라도 치러야 해!”

“그래!”

주먹을 치켜세우며 더 이상 누군가에게 가족의 운명을 맡기려 하지 않았다.

직원 가족들의 함성을 보며 포드는 더 이상 자신이 할 수 있는 것이 없다고 생각했다.

그리고 직원 가족들은 뜻을 모아 워싱턴D.C로 향하기로 했다. 며칠 지나 그들은 백악관 앞에 모여서 목소리를 높였다.

알파벳을 휘갈겨 써넣은 팻말을 높이 들었고, 깔때기를 손에 쥔 목청 좋은 사람이 크게 외쳤다.

그 수는 500명에 불과했지만 만명의 기세가 있었다.

"정부는 전쟁터에서 우리 국민들을 구하라!"
"구하라! 구하라! 구하라!"
"미군은 미국 시민을 지키기 위한 군대다! 동아시아에 군대를 파병해 우리 국민들을 구하라!"
"구하라! 구하라! 구하라!"
"와아아아아~!"
함성이 크게 일어나면서 백악관을 지키는 경비병들을 움찔하게 만들었다.
집무실에서 시위를 지켜보고 있던 매킨리가 비서에게 그들이 누구인지 알아보도록 지시를 내렸다.
그리고 그들이 누구인지를 알게 됐다.
비서가 매킨리에게 그들의 정체를 알렸다.
"포드모터스의 직원 가족이라고 합니다. 조선에 가 있는 가족을 구해달라고 시위를 벌이고 있습니다."
대답을 듣고 매킨리가 미간을 좁혔다.
며칠 전에 포드로부터 직원들을 구해달라고 요청을 받았고, 그에게 정부에서 정한 방침이 무엇인지 알려줬다.
그리고 파견된 직원들의 가족이 해결책을 만족하지 못해 백악관 앞으로 와서 시위를 일으킨 것 같았다.
부통령인 루스벨트가 뒤에서 지켜보다가 입을 열었다.
"경찰을 불러서 진압하겠습니다."
그 말에 매킨리가 좌우로 고개를 가로저었다.
검지를 들며 시위대 주위를 가리켰다.

"기자들이 있소. 보는 눈이 많으니 진압을 벌였다가 시위대가 피를 흘리는 것을 국민들에게 보여줘서는 아니 되오. 일본 공사관에서는 뭐라고 하오?"

"전쟁에서 어떤 일이든 벌어질 수 있기에 장담할 수 없다고 합니다. 신경은 써보겠지만 고의적이지 않은 피해는 어쩔 수 없다고 합니다. 전쟁 중단은 본국의 뜻을 따르겠다고 말했습니다."

"우리 뜻대로 되는게 하나도 없군."

"이번 전쟁으로 우리가 입은 정치적인 피해가 너무나도 막심합니다. 각하."

중재에 실패했고, 내리막길로 구르기 시작한 바퀴를 멈춰 세울 수 없었다.

그저 지난 일에 대한 후회감이 들었다.

"조선에서 미국의 국익을 찾는게 아니었소."

애초에 조선을 돕고 그들과 함께 얻을 수 있는 이익을 찾는게 아니라고 생각했다.

매킨리가 적절한 조치를 내리지 못하는 동안, 백악관 앞에 모인 시위대는 시간이 갈수록 목소리를 높여갔다.

자신들의 목소리를 듣고 정부 차원에서 국민들의 대한 구조가 이뤄지기를 원했다.

그리고 그 모습을 한 동양인이 차 안에서 지켜보고 있었다.

그는 지나던 길에 시위대를 보고 차를 멈춰 세웠다.

시위대에게서 쉽게 시선을 떼지 못하다가 차를 운전하는 운전수에게 말했다.

"갑시다."

"예. 사장님."

필립제이슨사의 사장인 서재필이었다.

그가 시위를 지켜보다가 회사로 향했다.

직원들의 인사를 받으며 사장실로 향했고, 그 또한 포드와 마찬가지로 조선에 보낸 직원들을 구하기 위해 안간힘을 쓰기 시작했다.

그의 진심을 직원들이 알고 있었다.

"사장님께서 요즘 우울하셔."

"그야 조선에 우리 직원들이 가 있으니까. 전쟁터에서 큰일을 당할까봐 걱정하고 계셔."

"우리 회사가 다른 회사였어봐. 직원들이 전쟁터에 있건 말건 신경 쓰지 않을 거야. 걱정해봐야 회사 재산이나 망실될까봐 걱정하겠지."

"봉급도 많이 주시고 직원들을 위해 병원비도 회사에서 내어주시는데, 우리가 사장님을 위해서 뭔가 해드릴 수 있었으면 좋겠어."

직원들은 서재필을 위해서 뭔가 할 수 있는 일이 없을까 고민했다.

그리고 조선에 파견된 직원들이 구해지기를 원했다.

필립제이슨사의 직원들에게 일본은 적국 중의 적국이었

다. 그들은 전쟁이 일어나게 된 원인을 알고 있었다.

"어째서 조선을 못 잡아먹어서 안달인 거지?"

"사람들은 조선이 일본에게 싸움을 건 줄 알지만 실제로는 일본이 조선을 상대로 숱하게 시비를 걸었어."

"일본인들이 개자식이야."

"그래! 맞아!"

직원들을 잘 대하는 서재필이 조선에서 온것을 알고 있었고, 때문에 일본에 대한 반감이 상당한 상태였다.

그들은 편을 든다면 반드시 조선 편을 들어야 한다고 생각했다.

점심 식사를 할 때 직원들이 그것에 대해서 이야기했다.

일부 직원들은 조선과 동맹을 맺고 일본을 박살내야 한다는 말까지 거론했다.

그리고 그 의견에 많은 직원들이 동의했다.

그것이 평화를 찾는 길이라 생각했다.

조선이 일본을 상대로 선전포고한 이유를 알고 있었다.

"청나라와 전쟁을 치렀고, 이번에는 조선을 괴롭히다가 선전포고를 받았어. 일본만 사라져봐. 동아시아가 조용해질 테니까. 나는 이번에 우리 정부가 일본에게 선전포고를 하고 조선을 도와야 한다고 생각해. 그것만이 유일한 해결책이야."

파견된 직원들을 구하는 일과 직접적으로 연관되어 있었다.

그렇게 이야기하며 식사가 끝나갈 무렵이었다.

외출했던 직원이 식당으로 와서 밖에서 벌어진 일을 알렸다.

"다들 여기 있었군! 지금 한가하게 있을 때가 아니야!"

"뭐? 무슨 말이야?"

"백악관 앞에서 시위가 일어났어! 조선에 파견된 미국 회사의 직원과 가족들이 모여서 시위를 벌이고 있다고! 우리도 지금 당장 가야 돼!"

"……?!"

"뭐 하고 있어! 빨리!"

외출했던 직원의 외침에 식당에 있던 모든 직원이 몸을 일으켰다. 그중 한 직원이 사람들에게 말했다.

"먼저 사장님께 말씀드리세."

그 말에 서재필이 있는 사장실로 직원들이 몰려갔다.

백악관 앞에서 시위가 일어난 사실을 서재필에게 알렸고, 회사와 동료들을 위해 시위에 참여해야 한다고 목소리를 높였다.

그들은 총대를 메고 징계받기를 두려워하지 않았다.

"징계하셔도 좋습니다. 시위에 참여할 수 있도록 허락해 주십시오."

"안 됩니다. 정부에서 진압을 벌이면 여러분들이 크게 다치거나 죽을 수 있습니다. 조선에 가 있는 직원들도 소중하지만 여러분들도 못지않게 소중합니다."

"사장님!"

"절대 안 됩니다. 자리로 돌아가십시오. 여러분은 여러분의 일을 하셔야 됩니다. 저는 저의 할 일을 하고 책임지겠습니다."

사장직을 걸었다는 이야기에 직원들은 가슴이 터질 것 같았다. 조선에서 직원들을 잃으면 자신의 모든 것을 걸고 책임진다는 말에 직원들이 울컥했다.

그리고 그의 말도 틀리지 않아서 시위대에 합류하려던 뜻을 거두려고 했다.

그때 밖을 나갔다 왔던 비서가 들어왔다.

"사장님."

"병원에는 잘 다녀왔습니까?"

"예. 그런데 말씀드릴 것이 있습니다."

"뭡니까?"

"백악관 앞에 수많은 군중이 모였습니다. 포드모터스, US그룹, 시리우스그룹까지 조선에 진출하는 회사의 직원들과 가족들이 와서 시위를 벌이고 있습니다. 경찰들이 출동했지만 어쩔 줄 모르고 있습니다."

"……."

"우리도 함께 힘을 모아야 할 것 같습니다."

잠깐 사이에 인원이 늘어난 듯했다.

직원들이 다시 목소리를 높였다.

"사장님!"

그 말을 듣고 서재필이 눈을 감으면서 잠시 고민에 빠졌다.

자신보다 회사 직원들의 운명이 중요했고 그들을 위하는 길을 택하려고 했다.

눈을 뜨면서 굳세게 일어나 직원들에게 선포했다.

"함께 갑시다. 모든 책임은 제가 지겠습니다. 여러분들과 함께 싸우겠습니다."

"예! 사장님!"

직원들이 주먹을 치켜세우며 크게 외쳤다.

"가자!"

"사장님을 따라!"

"백악관에 우리들의 뜻을 전하는 거야!"

"일은 밤에 와서 나중에 해!"

필립제이슨사 사옥과 공장에서 직원들이 쏟아져 나왔다.

거리를 메우고 백악관으로 향하면서 함성을 일으켰다.

길을 지나던 시민들이 그들의 모습을 보고 발걸음을 멈춰 세웠다.

직원들이 주먹을 높이 치켜들며 크게 외쳤다.

"전쟁터에 갇힌 미국 국민을 구하라!"

"구하라! 구하라! 구하라!"

"이웃나라를 핍박해서 전쟁을 부른 일본을 응징하라!"

"응징하라! 응징하라! 응징하라!"

"조선을 지켜서 우리 국민과 미국 회사의 자산을 지켜라!"

"지켜라! 지켜라! 지켜라!"

행진하는 필립제이슨사의 직원들을 사람들이 지켜봤다.

신문기자가 급히 사진기를 꺼내서 사진을 찍었고, 행진하는 직원들은 이내 포토맥 강을 건너서 백악관으로 향했다. 그리고 거기에 모여 있는 수많은 군중을 보게 됐다. 조선에 진출한 회사의 직원과 파견 지원들의 가족이 모여 있었다.

눈을 크게 뜨고 살피다가 사업가로 보이는 사람을 발견하고 서재필이 반가워했다.

그는 헨리 포드였다.

서재필이 그에게 다가가서 손을 내밀며 인사했다.

"필립제이슨사의 제이슨 사장입니다."

"포드모터스의 포드 사장입니다."

"만나게 되어서 반갑습니다. 디트로이트에 계신 줄 알았는데 이곳에서 뵙게 되는군요."

"조선에 파견된 직원들의 가족이 먼저 나섰습니다. 경영자로 회사를 책임져야 한다고 생각했는데 포드모터스의 기업 방침은 사원이 곧 회사입니다. 때문에 조선에 가 있는 직원들을 구하기 위해서 이곳에 왔습니다. 제이슨 사장도 저와 같은 마음으로 오신 것 같습니다."

모두가 한 마음이었다.

두 사람을 비롯해 US그룹의 회장인 스탠리 조지 하퍼와 시리우스 스틸과 시리우스 건설의 사장들도 함께하고 있었다.

그들 회사의 직원들과 파견 직원 가족들이 모이자 시위대는 5천명을 넘어 만명에 육박하고 있었다.

그들이 함께 미국 정부를 움직이려고 했다.

"우리 직원들을 구합시다!"

"조선에 군대를 보내달라고 정부에 요구합시다!"

"일본이 전쟁을 불러일으켰습니다! 그 나라만 제대로 되었다면 이런 일도 없을 겁니다! 조선과 연합해서 일본을 공격해야 됩니다!"

"조선인은 우리의 친구입니다!"

친조선이었다.

서재필부터가 조선 출신이었고, 포드와 스탠리 조지 하퍼 등도 성한의 도움을 받아 회사를 차리고 일으킨 사람들이었다. 그리고 그들의 회사에서 조선인들이 여전히 일하고 있었다.

그들에게 조선인은 식구와 다를 바 없었다.

"전쟁터에 갇힌 미국 국민을 구하라!"

"구하라! 구하라! 구하라!"

"이웃나라를 핍박해서 전쟁을 부른 일본을 응징하라!"

"응징하라! 응징하라! 응징하라!"

"조선을 지켜서 우리 국민과 미국 회사의 자산을 지켜

라!"

"지켜라! 지켜라! 지켜라!"

다시 외침을 크게 일으켰다.

창문 앞에 선 매킨리가 보였다.

시위대는 더욱 목소리를 높이면서 조선과 동맹을 맺고 일본을 공격해야 된다고 요청을 전하기 시작했다.

그리고 그 모습을 멀리서 한 신사가 지켜보고 있었다.

서재필이 직원들과 함께 부르짖다가 자신에게 향하는 시선을 느끼고 고개를 돌렸다.

그리고 멀리 서 있는 유성한을 봤다.

목례로 인사한 뒤 서로 눈빛을 주고받았다.

'시민들의 목소리가 미국 정부를 움직일 수 있습니다. 부탁드립니다.'

'알겠소.'

성한의 곁에 한 여인이 서 있었다.

그녀는 안지연이었다.

휴가를 끝내고 워싱턴D.C에 왔다가 시위가 일어난 것을 목격하게 됐다.

지연은 성한이 앞으로 무엇을 할지를 알고 있었다.

"딱히 여론몰이를 안 해도 될 것 같은데?"

지연의 말에 성한이 고개를 가로저었다.

"이것은 그저 불씨야. 엉뚱한 바람이 불면 금방 꺼질 수 있는 불씨지. 우리는 이 불씨를 살리기 위해 장작을 넣고 원하는 바람을 불어넣어야 해."

"신문을 통해서 말이야?"

"그래. 그걸로 미국 국민 전체를 움직일 거야. 이제부터 조선은 정말로 미국과 함께 움직일 거야."

시위대를 보고 나서 컬럼비안 대학교 입구에서 지연과 작별했다.

작별할 때 지연이 뭔가 할 이야기가 있는 듯한 얼굴이었지만 어떤 이야기인지 알지 못하고 시원하지 못하게 인사했다.

그리고 유정의 호위를 받으면서 기차역으로 향했다.

다음 날, 성한은 자신이 소유한 신생 언론사로 향했다.

카츠라 태프트 밀약은
존재하지 않는다

뉴욕에 설립된 유수의 언론사가 있었고, 그중 한 언론사를 성한이 인수해 간판을 걸었다.

'뉴월드타임스'가 새 언론사의 사명이었다.

뉴월드타임스의 경영자는 '필립 로이스 켄트'였고, 나이는 만 39세로 젊은 사장이었다. 롱에이커 스퀘어에 자리 잡은 사옥에서 성한과 켄트가 만나 이야기를 나눴다.

문이 잠긴 사장실 탁자 위에 다음 날 방행되는 신문이 놓여서 펼쳐졌다. 신문의 내용을 살피고 성한이 만족스럽다는 듯이 고개를 끄덕였다.

그리고 켄트에게 당부했다.

“이번만큼은 강하게 써서 큰 수익을 거둬봅시다. 비록 강조하는 것이 과장된 것처럼 보일 수 있지만 뉴월드타임스의 기사는 허스트나 퓰리처의 거짓말과 전혀 다릅니다. 사실을 전하기에 켄트 사장의 방침과 다르지 않을 겁니다.”

“예. 존스씨.”

“이 신문으로 내일 발행합시다.”

“알겠습니다.”

시대는 황색 언론의 시대였다.

언론사의 이익을 위해 사람들에게 흥미를 끌 수 있는 자극적인 기사를 쓰고, 그 안에 사실이 담기고 안 담기고는 큰 문제가 되지 않는 시대였다.

그런 시대에서 오직 사실만을 전하는 기자들이 죽어가고 있었다. 그런 기자를 성한이 구했고, 켄트는 반드시 그에게 보답해야 된다는 생각을 했다.

그 보답은 진실을 사람들에게 전하는 것이다. 강조는 있을지언정 결코 거짓말을 만들어내지는 않았다.

성한이 내일을 준비하는 동안에도 백악관 앞에서 울려퍼지는 목소리는 그치지 않았다.

“전쟁을 불러일으키는 일본을 징벌하고 평화를 되찾자!”

“조선에 군대를 보내 우리 국민들을 지키고 구하자!”

“와아아아~!”

집무실에서 매킨리가 시위대를 지켜보고 있었다.

"일본을 공격하자니? 그게 무슨 말이야?"

매킨리의 물음에 비서실장이 대답했다.

"시위대는 일본이 시비를 걸어서 조선이 선전포고했다고 여기는 것 같습니다. 군대를 조선에 보내서 돕고 우리 국민들과 회사 자산을 지켜달라고 요구하고 있습니다. 내일부터는 대한해운과 대한로드쉽의 직원 가족들도 합류한다고 합니다."

"우리 국민을 구해야 된다고 말하는 것은 이해가 되는데 조선과 함께 일본을 치자고 말하다니……."

"일본이 여태 벌인 짓을 알고 있다 합니다. 그것도 아는 사람만 알고 있었는데, 이번에 제대로 시위대에게 알려진 듯합니다. 때문에 조선이 선전포고를 했음에도 일본에 책임을 물어야 한다고 말하고 있습니다. 어쩌면 이걸로 돌파구가 만들어질 수 있을 것 같습니다."

비서실장의 이야기를 듣고 매킨리가 고개를 끄덕였다.

조선에 군대를 보낼 수 없었던 이유가 일본과의 충돌이 걱정되어서였다.

그것은 선전포고를 벌인 조선을 징벌해야 된다는 여론이 일어날까 우려한 것도 있었다.

그 가능성이 줄어들고 있었다.

신문기자들이 시위를 벌이는 사람들의 사진을 찍고 인터뷰를 하고 있었다.

그 모습을 보고 매킨리가 결정을 내렸다.

"기다려서 추이를 보도록 하지. 하지만 오랜 시간을 기다리진 않을 것이네."

"예. 각하."

조금만 더 지켜보기로 했다. 그리고 워싱턴D.C를 중심으로 시위대의 이야기가 퍼지기 시작했다.

뉴욕에 조선공사관이 있었고, 공사인 민영환은 조선이 일본을 상대로 선전포고 했다는 사실에 전전긍긍해야 했다. 승패가 어떻게 날지 알 수 없는 상태에서 미국이 군사적으로 조선을 도와주기를 원했다.

그런 바람으로 미 백악관과 전쟁부에서 흘러나오는 이야기에 주목했다.

백악관 앞에서 시위가 일어나면서 그 사실을 알게 된 민영환은 조선을 위한 바람이 일어나기를 간절히 소망했다.

"미국 정부는 누구보다 시민들의 생각에 반응이 민감해. 왜냐하면 국민들이 투표로 그들을 뽑으니까. 만약 국민 전체가 일본을 치길 원한다면 매킨리 대통령도 어쩔 수 없이 일본을 공격해야 해."

"미국 국민들이 이 전쟁의 진실을 알았으면 좋겠습니다."

"그러게 말일세."

"대부분은 그저 우리가 일본에게 이유 없이 선전포고한 것으로 알고 있습니다. 하지만 원인을 제대로 알게 된다면

결국 우리 편이 되고 일본을 치자는 이야기가 나올 수밖에 없습니다. 폭탄 암살을 꾸미면서 미국 공관원들을 죽이려 했으니까요. 그 사실을 미국 국민들이 알아야 합니다."

명분을 가진 조선이 정의의 편에 서 있다는 것을 믿어 의심치 않았다. 단지 그 사실을 아느냐 모르냐의 차이였다. 민영환과 조선공사관의 공관원들은 미국인들이 조선의 명분과 일본을 쳐야 하는 당위성을 깨닫길 바라고 있었다.

그런 생각을 하며 오전 업무를 마쳤고, 점심 식사를 한 뒤에 휴식시간에 배달된 신문을 받아서 읽었다.

신문 첫면을 읽다가 민영환이 눈을 크게 키웠다.

커다란 문구가 민영환의 시선을 사로잡고 있었다.

세계 소식을 전문으로 알리는 뉴월드타임스였다.

[동양에서 일어난 대전, 조선과 일본! 미국 기업들이 망해가고 있다!]

'이건……?!'

세상의 어떤 신문사도 조선과 일본의 전쟁에 관해서 전면을 할애하지 않았다.

미개한 나라들끼리 치르는 전쟁이기에 주류 백인 사회에서는 그다지 흥미롭지 않은 이야기였고, 전면에서 몇 페이지 뒤에서나 작게 볼 수 있는 기사였다.

그러나 민영환이 펼친 뉴월드타임스는 달랐다.

전변에 조선과 일본의 전쟁 기사를 나루고 있었고, 미국 기업이 위기에 빠졌다는 것을 알렸다.

동양의 전쟁이 어째서 미국 회사들에게 큰 타격을 주는지 자세히 쓰여 있었다.

[필립제이슨, 포드모터스, US그룹, 시리우스그룹, 심지어 대한로드쉽과 대한해운까지. 이들 회사는 미국 최고의 회사들이며 수많은 일자리를 창출하는 시민의 기업이다.

이들은 그동안 미국을 중심으로 회사를 성장시키다가 조선을 중심으로 하는 아시아 시장 개척에 나서며 공장과 생산 시설을 그곳에 세우기 시작했으니, 전쟁이 없었다면 세계를 지배하는 기업이 됐을 것이다. 당연히 그 이익은 미국의 이익이며 미국 국민의 이익이다. 그러나 동아시아에서 전쟁이 일어나 조선에 세워지는 공장과 시설들을 잃게 되었다. 만약 일본이 조선을 공격한다면 미국 기업의 자산이 피해를 입고 미국 국민들이 크게 피해를 입을 것이다.

먼 나라의 전쟁이 아니라 미국 기업과 미국 시민에 직접적으로 피해를 주는 전쟁이다.

미국 시민은 이를 관심 있게 지켜보아야 한다.]

조선과 일본의 전쟁에 미국이 어떻게 관련되어 있는지 적혀 있었다.

이어 디트로이트에서 조선에 파견된 포드모터스의 사원

가족이 울먹이며 인터뷰한 기사가 실려 있었다.

오열하는 여성의 사진이 실렸고, 그녀의 이름과 신상명세가 쓰여 있었다. 그녀의 이름은 한나 스트립이었다.

'한나 스트립'이라는 이름을 가진 여인이 조선에 가 있는 남편이 무사히 돌아오기만을 바란다는 말을 남겼다.

그리고 그 말은 기사 두번째 페이지에 크게 실려 있었다. 이어 조선이 일본에 선전포고할 수밖에 없었던 이유에 대해서 논평이 실렸다. 그러한 논평을 민영환이 눈에 힘을 주면서 천천히 읽어내렸다.

절대 피할 수 없는 전쟁이었다.

[일본은 페리 제독의 함대와 교전을 벌인 후 개항하게 되었다. 그 후로 일본은 미국을 비롯한 유럽 강국이 청나라를 비롯한 동아시아를 침략할 것이라 예상하고, 싸워 이겨서 생존하기 위해 국력을 길러야 한다는 이념을 정했다. 이에 근거하여 이웃국가이자 약소국이었던 조선을 식민지배하기 위해 조선의 섬인 강화도에서 고의로 포격전을 도발했고, 조선에 불리한 통상 조약을 이끌어냈다. 이후 일본은 조선에 영향력을 행사하던 청나라와 싸워 이기고, 남하하는 러시아의 국력으로 일본을 견제하려던 조선의 왕비를 암살하려 했으며, 그 증거도 명백하게 밝혀졌다.

미국 회사가 조선에 진출하고 그로 인해 미국 정부가 일본의 조선 침략을 막자, 일본은 러시아와 동맹을 맺고 조선과 미국의 관계를 험악하게 만들려 했다. 그들은 미국 공사관원들을 폭탄으로 암살하려 했고, 이것을 조선 정계의 불만 세력에게 뒤집어씌우려고 했다. 그들의 범죄와 책임으로 씌우려 했고, 이것 또한 증거가 명백히 밝혀졌다.

하지만 조선 정부의 노력과 지혜로 미국인들이 지켜졌다. 일본은 조선을 식민지로 삼기 위해 미국인을 죽이고 거짓말까지 하려 했다.

일본의 범죄와 흉악함이 이러한데, 과연 일본을 상대로 선전포고한 조선을 탓할 수 있을까.

조선 정부의 조치는 매우 정당하며 그 명분 또한 충분하다.

미국 시민이라면 미국인을 해치려 했던 일본을 비난함과 동시에 조선의 승리를 신께 빌어야 할 것이다.

그것이 미국의 국익과 시민들의 안전을 위한 길이다.]

세번째 페이지에 전면에 맞먹을 정도로 큰 기사 제목이 있었다.

강렬한 제목으로 보는 이들의 마음을 흔들고 있었다.

[일본을 상대로 싸우는 조선의 전쟁은 정의로운 전쟁!]

[조선의 승리가 미국의 국익을 위한 길이다! 미국은 반드시 참전해야 한다!]

[조선과 미국와 관계를 험악하게 만들기 위해서 일본 정

부는 미국인들을 죽이려 했다!]

"그래! 이거야!"

민영환의 주먹이 불끈 쥐어졌다. 이어 비서에게 뉴월드타임스에 대해서 물었다. 어쩌면 뉴월드타임스가 조선의 미래를 지켜줄 수 있을 거라고 생각했다.

"이 신문을 사람들이 얼마나 읽지?"

"그렇게 많이 읽지는 않습니다. 하지만 최근에 많은 사람들이 뉴월드타임스에 관심을 보이고 있습니다. 거짓말 가득한 자극적인 기사가 아닌 사실에 근거한 기사를 많이 쓰기 때문입니다."

"자네 말이 맞겠지. 하지만 이 기사들은 분명히 자극적인 기사야! 자극적이긴 한데 사실에 근거해! 이 신문을 미국인들이 보고 바람을 일으킬 수 있다는 거야! 미국이 인민의 나라라는 것을 증명했으면 좋겠어!"

"예. 공사님."

싸워야 하는 정당성이 그 속에 모두 담겨 있었다.

천하대세가 조선에 있기를 소망하면서 민영환은 뉴월드타임스가 미국에 어떤 변화를 일으키는지 지켜보기 시작했다. 어느덧 마음속에는 불안감이 사라지고 세계가 조선을 도울 것이라는 기대를 안기 시작했다.

가판대에 꽂혀 있던 신문이 비워졌다.

그중 뉴월드타임스가 가장 빠르게 사라지면서 사람들의

손에 들렸다. 조선과 일본의 전쟁에 대해서 잘 모르는 시민들이 진실을 깨닫기 시작했다.

"뭐야. 일본 이거 순 나쁜 나란데?"

"이런 개같은 나라였었다니! 이런 나라와 우리가 수교를 맺고 있었던 거야?!"

"조선에 엿 먹이려고 우리 공관원을 죽이려 했다니! 만약 놈들이 이번 전쟁에서 이기면 조선에 가 있는 우리 국민들을 함부로 죽일 거야!"

"일본을 응징해야 돼!"

"이런 미개하고 사악한 나라를 지도에서 지워야 해!"

미국 공관원들을 해치려 했던 사실이 알려졌다.

그리고 미국 시민들은 신문의 어떤 기사보다 미국을 상대로 벌인 일본의 만행에 대해서 주목했다.

그 만행의 죗값을 반드시 치러야 한다고 분개했다.

모두가 하나가 되어서 원성을 일으켰고, 그 모습을 길을 지나던 기업가가 지켜보고 있었다.

신문들이 꽂혀 있는 가판대 한쪽은 비워져 있었고, 다른 신문들은 여전히 채워져 있는 것을 보고 미간을 좁혔다. 그의 곁으로 비서가 와서 말했다.

"뉴월드타임스입니다."

"뉴월드타임스?"

"켄트 사장이 경영하는 신문사 말입니다. 조선과 일본의 전쟁에 관해서 지면 대부분을 할애했다고 합니다. 미국과

관련해서 쓰고 우리가 입을 피해에 대해서 써서 사람들의 관심을 일으키고 있습니다."

비서의 이야기를 듣고 기업가가 고개를 끄덕였다.

그는 미국에서 어떤 사람보다 언론에 가까이 있는 사람이었다. 저널아메리칸의 사장인 허스트가 시민들 곁으로 가서 잠시 신문을 빌렸다.

그리고 안에 담겨 있는 기사 내용을 확인했다.

그리고 자신이 매우 큰 실수를 했다는 생각을 했다.

저널아메리칸에는 사람들이 관심을 가지는 유명 여배우의 뒷이야기가 적혀 있었다. 사람들은 거기에 대한 관심보다 미국이 입을 피해에 대해서 더 큰 관심을 뒀다.

"고맙습니다."

"아니오."

신문을 본래의 주인에게 돌려줬다.

그리고 허스트가 급히 발걸음을 옮겼다.

비서가 허스트에게 물었다.

"동아시아에 관한 이야기로 기사를 쓰실 생각이십니까?"

"그래야지! 그리고 이미 선수를 빼앗겼어! 우리가 다시 그 자리를 찾아야 해! 불씨는 켄트가 일으켰지만 나는 기름을 부어서 화재를 일으킬 거야! 일본을 제물로 삼아서 신문부수의 판매를 높여야 돼!"

회사 수익을 위해서 여론몰이를 하고자 했다.

여론몰이의 목표는 미국을 다시 전시에 밀어 넣는 것이다. 사람들의 생각을 전쟁에 빠트려서 수익을 높일 생각을 했다.

사전 작업에서부터 사람들의 관심을 되돌리고자 했다.

다음 날, 가판대에 오직 일본을 맹비난하는 신문들로 채워지게 됐다. 허스트의 저널아메리칸 뿐만이 아니라 퓰리처의 회사까지 비난에 뛰어들었다.

어느 신문을 구입해도 일본에 관한 악담만 보였다. 자극적인 기사 제목이 신문 지면을 가득 채우고 있었다.

[악의 제국인 일본을 응징하라!]

[수백년 동안 조선은 일본의 침략을 받았고 여러 번 물리쳤었다!]

[범죄의 증거가 낱낱이 드러남에도 거짓말을 하는 일본, 이번에는 용서해서는 안 된다!]

[조선과 청나라를 식민지로 삼아 러시아를 상대로 싸우는 것, 그 후 일본은 미국과 영국을 노린다!]

[신비로운 나라 같지만 재미로 사람을 죽이고 여자를 강간하는 나라가 일본이다. 그런 나라와 전쟁을 치르는 조선은 정의로운 나라다!]

[조선과 동맹을 이루고 일본을 공격해야 한다!]

[아시아에서 새로운 문명국이 있다면 조선이 유일하다!]

일본을 맹비난하고 조선을 치켜세우는 신문이 미국 지천에 깔렸다. 그 신문을 읽으며 미국인들은 두 나라에 대한 생각을 새롭게 세우기 시작했다.

그동안 '오리엔탈'과 '사무라이'라는 단어로 신비롭게 여겨지던 일본에 대한 호감이 무너지고 있었다.

신문을 읽던 미국인들이 분노를 표출했다.

"일본이 이런 나라였다니……."

"칭크는 더럽고 미개하기만 하지, 일본은 정말로 사악한 나라야."

"새 검의 날카로움을 시험하기 위해서 길을 지나는 사람을 죽이는 게 문화라니! 그게 일본의 무사라면 신기하게 여길게 아니라 벌을 내려서라도 바꿔야 해!"

"여자를 지켜주지는 못할망정 강간하는 나라라니!"

사람들은 일본의 치부를 확인하고 욕했다.

그에 반해 조선에 대한 이야기와 기사를 읽고 무관심이 호감으로 변하기 시작했다.

조선에 관해 여러 가십이 쓰여 있었다.

[조선왕이 국민을 위해 글자를 창제하다!]

[조선은 평화를 사랑하는 나라. 조선이 있기 전에 고려, 신라에서부터 조선 민족은 다른 나라나 민족을 정복한 적이 없다!]

[필립제이슨사의 사장은 조선 출신, 아메리칸팩토리메

이커의 사장과 대한해운사의 사장도 조선 출신이다! 조선인은 유능하다!]

[직원들에게 높은 임금을 지불하고, 5일 근무와 월 1일 휴가일 추가, 보너스 지급, 직원 가족 무료 의료 지원 등은 모두 조선에서 온 기업가들이 가진 공통점이다! 그들은 진실로 노동자를 배려할 줄 아는 자들이다!]

뉴월드타임스의 기사였다.

기사를 읽은 미국인들이 이야기를 나눴다.

일본이 있었던 자리를 조선이 차지했다.

"조선이야말로 우리와 함께 할 수 있는 나라야."

"필립제이슨을 봐. 유능한 조선인이야. 그리고 미국 시민이기도 하지. 조선인이 미국에 와서 회사를 차리면 차릴수록 우리의 직장 생활도 훨씬 편해질 거야."

"돈만 밝히는 백인 돼지들보다 훨씬 나아!"

백인은 유능했고 나머지 인종은 미개하다.

조선인이 그러한 편견을 깨트리고 있었다.

그리고 서재필과 이성철, 이정욱 등이 백악관 앞에서 직원들을 구해달라고 소리치는 모습이 신문 기사의 사진으로 실려 있었다.

그 모습을 보고 미국인들이 많은 감명을 받았다.

신문을 접은 건설 노동자가 점심 식사를 마치고 다시 일터로 돌아가려고 했다.

그때 길을 지나는 동양인들을 봤다.
혹시나 하는 생각으로 동양인들을 둘러쌌다.
"이봐."
"……?"
"어디에서 왔어?"
갑자기 백인들이 자신들을 둘러싸며 묻자 동양인들이 크게 당황했다. 인종차별이 만연한 미국에서 행여 큰일을 당할까봐 몹시 두려워했다. 아무 말 못하고 벌벌 떨고 있을 때, 백인 노동자들이 다시 물었다.
"어디에서 왔냐고?"
그리고 대답했다.
"뉴… 뉴저지……."
"말귀를 못 알아먹는군. 어느 나라에서 말이야?"
"이… 일본이오… 그런데 그것은 어째서 묻는 거요?"
동양인의 대답에 백인들이 흉흉한 미소를 지었다.
어떤 이는 살기 가득한 시선으로 그와 동양인들을 노려봤다. 먼저 물었던 백인이 주먹을 휘둘렀다.
퍽!
"윽!"
곁의 동양인들이 목소리를 높였다.
"어째서 이러는 거요?"
"왜긴, 맞을 짓을 했으니까 맞는 거지. 네놈도 일본인이야?"

"……?!"

"네놈도 맞아야겠군!"

퍽!

"컥!"

대학교로 향하던 일본인 유학생들이었다.

점심 식사를 마치고 돌아가던 와중에 백인 노동자들로부터 폭행을 당했다.

이를 본 경찰이 호각을 불면서 달려왔고, 일본인 유학생들을 폭행하던 노동자들은 순식간에 흩어져서 자취를 감췄다.

폭행당한 유학생들이 경찰에게 범인을 잡아달라고 애원했다.

"꼭… 체포해주십시오……."

그리고 매몰찬 대답을 들었다.

"너희들은 악마잖아."

"예……?"

"재미로 사람을 죽이고 여자를 강간한다면서? 혹시 너희들도 그래서 맞은거 아냐?"

"……?!"

"살아 있는 것에 감사히 여겨. 안 그러면 이 총의 총알이 네놈들의 머리에 박힐 거야. 너희 나라가 벌인 일에 대해서 평생 사죄하면서 살아."

경찰의 대답을 듣고 그들은 크게 충격을 받았다.

불과 얼마 전만 해도 백인들 사이에서 나름 배려를 받으며 학문을 닦았던 학생들이었다.

그리고 세상이 바뀌어 이제 어딜 가도 욕을 먹고 비난을 받게 됐다. 그 원인이 어디에 있는지는 하루도 지나지 않아서 금방알 수 있었다.

미연방에서 탈퇴 선언을 했던 남부 연합과 스페인에 이어, 조선을 노려왔던 일본이 미국 언론사의 표적이 됐다. 그 사실을 알고 일본 유학생들이 불안에 떨었다.

온 미국인들이 동양인이 보이면 어디에서 왔는지 물었고, 일본에서 왔다는 대답을 들으면 여지없이 뺨을 날리고 발길질을 가했다.

그리고 백인 주류 사회에서 조선이 유일하게 인정받고 있다는 사실을 알게 됐다. 불안 속에서 돈벌이를 위해 공사장으로 향하던 동양인들에게 백인들이 다가왔다.

그리고 어디에서 왔는지를 물었다.

동양인들이 겁에 질린 채로 그들에게 대답했다.

"조… 조선에서 왔소!"

"정말이야?"

"그… 그렇소! 우리 부모님이 모두 조선에 계시오!"

"조선인이었군. 미안해, 일본인인 줄 알았어. 가봐."

"……."

동양인이라면 외모로 조선 사람과 일본 사람을 구분할 수 있었지만 다른 인종이 그것을 구별하기는 매우 힘들었다.

조선에서 왔다는 말을 함으로써 동양인들이 풀려났다.

그리고 일터로 향하면서 상한 자존심에 눈물을 흘렸다.

그렇게 해서라도 자신의 안전을 지켜야만 했다.

조선과 일본을 향한 미국인들의 여론이 꿈틀거렸다.

하나같이 일본에 안 좋은 감정을 가지고 조선에 가 있는 미국인들을 구해야 된다고 목소리를 높였다.

그리고 백악관에 모여 있는 시위대에 힘을 실어줬다.

조선에 진출한 회사 직원과 파견 지원들의 가족이 아닌 다른 이들도 몰려와서 목소리를 높였다.

하루가 지날수록 시위대의 수가 급속도로 늘기 시작했다.

"미국인을 구하라! 악마의 나라인 일본을 벌하고 조선을 구하라!"

"정의의 결정을 내려주십시오! 매킨리 대통령!"

백악관 주위가 한 층 더 시끄러워졌다.

이제는 집무실에서 업무를 제대로 볼 수 없을 정도로 시위대의 목소리가 격해졌다.

그들을 창가에서 보던 매킨리가 책상 앞에 앉았다.

그때 문이 열리면서 루스벨트가 들어와 비보를 알렸다.

보고를 듣고 매킨리가 인상을 찌푸렸다.

"공화당에 자금 후원을 중단하겠다고?"

"예. 각하."

"조선에 진출해 있는 회사들이 말이오?"
"그 회사들뿐 아니라 다른 회사들도 마찬가지입니다. 미국인과 회사 직원을 지켜주지 않는데 후원해줄 이유가 없다고 합니다. 우리 당이 아닌 민주당을 후원하겠다고 합니다."
"민주당에서는 뭐라고 하오?"
"조선에 군대를 보내 우리 국민을 구해야 된다고 합니다. 공화당에서도 일본이 우리 공관원들을 죽이려 했기에 반드시 책임을 물어야 한다고 말하고 있습니다. 전쟁불사로 당론이 모이고 있습니다."
"……."
루스벨트가 매킨리에게 결정적인 말을 전했다.
"이제 더 이상 선전포고를 한 조선이 책임져야 한다는 사람이 없습니다."
그 말을 듣고 매킨리가 짧게 고민하며 결정을 내렸다.
이내 비서실장에게 지시를 내렸다.
"국무부장관, 재정부장관, 전쟁부장관을 백악관으로 부르게. 장관들에게 미합중국을 위한 조치를 전하겠네."
"예. 각하."
한시간 뒤, 백악관으로 각 부 장관들이 모였다.
그리고 매킨리로부터 의견을 나누는 것이 아닌 지시를 통보받고 각자의 자리로 돌아가 일을 행하기 시작했다.
조치를 내린 뒤 매킨리가 몸을 일으켰다.

"어디로 가십니까?"

비서실장의 물음에 매킨리가 대답했다.

"국민을 위한 대통령인데, 저 사람들을 안심시켜야 하지 않겠나. 내가 직접 정부의 조치를 전할 것이네."

"위험합니다. 군중 속에서 각하를 해하려 하는 사람이 있을 수도……."

"그랬다면 벌써 죽었을 것이네. 저 많은 군중이 이곳을 점령하는 것은 일도 아니니까. 후에 어떤 일이 일어날지는 모르겠지만, 저들이 날 죽이려 했다면 이미 죽였을 거야. 그러니 괜한 걱정하지 말게."

"예. 각하……."

비서실장의 우려를 뒤로하고 매킨리가 집무실에서 나와 백악관 복도를 당당히 걸었다. 그는 시위대가 모여 있는 정문 앞으로 향했고, 앞을 지키는 경비병들에게 문을 열라고 지시를 내렸다.

경비병들 또한 매킨리가 큰일을 당할까봐 걱정했지만 그의 지시를 따르는 것이 우선이었다. 백악관 밖으로 매킨리가 나오자 함성을 일으키던 시위대가 어수선해졌다.

대통령이 나왔다고 여기저기에서 말하다가 이내 모두 침묵했다. 모두가 대통령과 마주하기를 부담스러워하는 가운데, 포드가 앞으로 와서 매킨리에게 인사했다.

그리고 악수를 나눴다.

매킨리가 포드의 의지에 감탄했다.

"참으로 대단하오. 디트로이트에서 워싱턴D.C까지 오기가 결코 쉬운 일은 아닌데 말이오. 이곳에서 직원들을 구해달라고 외치는 것을 지켜봤소."

"당연히 해야 할 일입니다. 포드모터스의 직원을 소중히 여기는 것이 저의 의무입니다. 미국인을 지키는 의무가 대통령께 있듯이 말입니다. 그래서 이 자리를 빌려 대통령께 말씀드립니다만, 조선에 파견된 저희 직원들, 미국 공관원들을 비롯한 우리 국민과 기업의 자산을 지켜주십시오. 무엇이 정의를 위한 싸움을 피하게 만드는지 저희들은 모르겠습니다. 만약 저희에게 총을 주셔서 일본을 상대로 싸우라고 하신다면 목숨 걸고 싸우겠습니다."

시위대에서 '옳소!'하는 외침이 울려퍼졌다.

그들 스스로가 전쟁터에 가겠다고 목소리를 높이고 있었다. 시위대를 매킨리가 살펴보고 그들을 대표하는 포드에게 약속했다.

"일본이 조선과 우리의 관계를 험악하게 만들기 위해서 우리 공관원들을 죽이려 했소. 그리고 그 일을 조선의 반정부 세력에게 뒤집어씌우려고 했었지. 그 일에 대한 책임을 반드시 물을 거요."

"저희가 바라는 조치를 내려주시겠다는 말씀입니까?"

"그렇소. 그리고 지금 이 순간을 나는 여태 기다리고 있었소. 정의, 불의를 논하기 전에 나는 미국을 대표하는 대통령이며 국민의 뜻을 대신해 결정하고 조치를 내리는 사람이오. 국론이 분열되어 있으면 아무것도 못 하오. 하지만 국민의 뜻이 하나로 모이면 나는 내가 싫은 일도 국민의 뜻을 따라서 해야 하오. 그것이 민주 공화제이며, 대통령을 움직이게 하는 것이 국민이오. 이제 중대조치를 내려도 미국의 국론은 분열되지 않을 거요. 그때까지 목소리를 높여준 여러분들께 경의를 표하오. 이제 집으로 돌아가시오. 내일 미합중국 전역에 정부의 조치를 포고하겠소. 정말 고생하셨소."

매킨리의 대답을 듣고 포드가 시위대를 둘러봤다.

서재필과 조선에 파견된 직원 가족들이 고개를 끄덕였다. 그들과 눈빛을 주고받은 뒤 매킨리에게 말했다.

"감사합니다. 저희들을 포함해 이 나라 시민이 국민을 지키는 대통령 각하의 모습을 기억할 겁니다. 그리고 정의로운 나라가 우리 조국이라는 사실을 자랑스럽게 여길 겁니다. 정말 감사합니다."

매킨리에게 감사의 뜻을 전하고 돌아서서 말했다.

"돌아갑시다! 각하께서 우리들의 뜻을 받아주셨습니다!"

"와아아아~!"

"USA! USA! USA!"

미국을 연호하며 사람들이 함성을 질렀다. 그리고 팔을 번쩍 올리면서 자신들이 승리했음을 세상에 알렸다. 들끓던 시위대가 원하는 바를 이루고 정리되기 시작했다.

그 모습을 매킨리가 지켜보다가 백악관으로 들어가서 비서실장과 함께 포고문을 작성했다.

그리고 다음 날 신문기자들을 불러서 포고했다.

미합중국을 상징하는 문양을 뒤로하고 발표회장 단상에 매킨리가 올라섰다.

그리고 직접 포고문을 읽었다.

그의 목소리에 잔뜩 힘이 실려 있었다.

"대통령 윌리엄 매킨리입니다. 금일의 중대발표에 앞서서 먼저 미합중국 국민 여러분께 사과드립니다. 사과의 이유는 아시다시피 오늘의 조치가 늦었다는 것을 인정하며 죄송한 마음에 드리는 사과입니다. 그리고 존경하는 국민 여러분의 용서를 구합니다."

매킨리는 목을 한번 가다듬고는 본격적으로 포고문을 읽었다.

"이제 발표하겠습니다. 현재 조선은 일본을 상대로 선전포고한 상태이며, 전쟁을 치르는 중입니다. 어디가 우세하고 어디가 불리한지는 모릅니다. 중요한 것은 두 나라에서 안전한 곳은 없으며, 특히 조선에 우리 국민들이 거주하고 있다는 것입니다. 그리고 조선을 중심으로 아시아 무역을 벌이겠다는 우리 정부의 정책 하에 우리 기업의 자산이 몰려 있습니다. 그동안 이들을 지키고 구하는 데에 있어서 함대 파견과 군대 파병이 불가피하기에 행여 외국의 전쟁에 미합중국이 휘말릴까 걱정해왔습니다. 그러나 일본은 우리와 조선의 관계를 험악하게 만들기 위해 국무부에 속해 있는 조선주재 공관원들을 해하려 했고, 언론에 알려졌다시피 그런 범죄를 조선의 반정부 세력에게 뒤집어씌우려고 했습니다."

매킨리의 목소리가 고조되자 신문 기자들의 손도 빠르게 움직였다.

"이러한 일본의 망동을 규탄합니다. 그리고 마땅히 그 일에 대한 책임을 물을 것이고, 관련자의 처벌을 요구할 것입니다. 또한 조선에 거주하는 우리 국민과 기업의 자산을 반드시 지킬 겁니다. 현 시각부로 일본은 미합중국을 상대하는 교전국입니다. 국민을 대표하여 선전포고하는 바입니다. 일본이 조선과 미국에 대한 위협행위를 중단하고, 우리가 원하는 책임을 지고자 한다면 마땅히 협상을 치를 것입니다. 이를 일본공사관에게 전합니다."

"각하!"

"대통령 각하!"

질문하는 기자들을 두고 매킨리가 단상에서 내려가 발표회장 밖으로 나갔다.

모인 기자들이 크게 충격을 받은 가운데, 국무부 장관인 존 헤이는 직접 일본공사관으로 향해서 선전포고문을 전했다.

선전포고문을 확인한 일본 공사는 몽둥이로 뒤통수를 맞은 것 같은 느낌을 받았다.

"이… 이것은……?!"
"선전포고문이오."
"……?!"
"조선과의 관계를 악화시키기 위해서 우리 국민과 공관원들을 해치려 한것을 그냥 넘어가리라고 생각했소? 반드시 책임을 물을 것이고, 그 일에 관계된 자들 전부를 처벌할 것이오. 두고 보시오."
"……."
"이만 가보겠소."
"헤이 장관…! 헤이 장관!"
일본 공사가 헤이를 부르짖었다.
그러나 그와 더 말할 게 없었기에 헤이는 멈추지 않고 국무부로 와서 정무를 보았다.
비서실장이 헤이의 알림을 받고 매킨리에게 보고했다.
그리고 매킨리는 일본에 대한 응징을 거듭 다짐했다.
"이번에야말로 버릇을 고쳐야 하오. 그동안 가만히 지켜보고 있었더니 너무 오만해졌소. 그 기세를 꺾어 동아시아의 평화를 이룰 것이오."
부통령인 루스벨트에게 말했다.
그리고 루스벨트도 고개를 끄덕이면서 매킨리의 생각에 동의를 표했다. 한발자국 더 나아가서 자신이 그리는 동아시아에 대한 의견을 말했다.
그것은 미국의 국익과 관련되는 일이었다.

"스페인을 상대로 전쟁을 치르고 이겨서 필리핀을 할양 받았습니다. 그리고 필리핀을 독립시키기로 했죠."

"그랬지……."

"이대로 독립하게 되면 필리핀이 친미국가가 될지 아닐지 모르게 됩니다. 당분간 필리핀에 군정을 행하면서 친미국가로 탈바꿈시켜야 합니다. 그에 대한 동의를 다른 나라에게 받아야 합니다."

"조선에게 말이오?"

"예. 그리고 우리는 일본에 대한 조선의 식민 지배를 인정하는 겁니다. 조선은 우리에게 우호적인 나라이기에 일본을 지배해도 해가 되지 않습니다. 일본이 조선에 정복당한다면 조선의 선전포고와 같은 불상사도 없을 겁니다."

루스벨트의 말을 듣고 매킨리가 잠시 고민했다.

그리고 고개를 끄덕이면서 그의 의견대로 하고자 했다.

"다른 나라가 보기에 모양새가 나빠질 수 있으니 비밀리에 준비하시오. 필리핀에 가 있는 태프트 총독을 통해서 협의하시오. 그리고……."

조치를 모두 전하기 전이었다.

집무실을 지키던 비서실장에게 보좌관이 와서 작은 목소리로 뭔가를 이야기했고, 그 이야기를 들은 비서실장이 크게 놀랐다. 그에 매킨리가 어리둥절하면서 물었다.

"무슨 일이오?"

그 물음에 비서실장이 떨리는 목소리로 대답했다.

"조… 조선군이 이겼습니다……."

"뭐, 뭐…? 그게 무슨 말인가?"

"바다에서 일본군을 상대해 대승을 거뒀다고 합니다! 연합 함대를 편성한 일본군 함대가 전멸했다고 합니다!"

"……?!"

"다른 공사관에서도 똑같은 이야기가 흘러나오고 있습니다!"

세상에 충격이 가해졌다.

보고를 들은 매킨리와 루스벨트는 동공에 지진을 일으키며 자신들의 귀를 의심했다.

그만큼 세상 사람들의 생각과 다르게 역사가 펼쳐지고 있었다. 백악관에 전해진 똑같은 내용의 보고가 조선공사관에도 전해졌다.

워싱턴D.C에 주재하고 있는 영국 공사관에서 흘러나오는 이야기를 조선공관원들이 파악하고 민영환에게 보고했다. 보고를 들은 민영환이 눈을 크게 키우고 귀를 의심했다.

"우리 군이 대마도 근해에서 일본의 함대를 전멸시켰다고?!"

"예! 공사님!"

"미… 믿어지지가 않는다! 청군 북양함대를 궤멸시켰던 그 일본의 함대를 우리가……!"

"하지만 여기저기서 이야기가 나오고 있습니다! 대서양

을 건넌 영국의 연락선을 통해서 들어온 소식입니다! 우리 함대가 일본의 함대를 궤멸시켰습니다!"

"오오…! 맙소사!"

"일본을 상대로 우리가 이겼습니다!"

그토록 바라던 일이 세상에 일어났다.

노력해도 따라잡을 수 없을 것 같았던 일본을 따라잡고 격파시켰다.

그 사실이 처음에는 믿어지지 않다가 현실이라는 것을 알고 전율을 느꼈다. 눈물이 터져나와 얼굴을 적시기 시작했다. 나라의 위급함이 물러나고 안도감이 해일처럼 밀려들었다.

기쁜 소식은 단번에 몰려오는 법이었다.

이번에는 대서양이 아닌 태평양을 통해서 막 들어온 소식이었다. 미국 국무부와 연락을 취하던 공관원이 급히 들어와서 보고했다.

"일본의 구주가 우리 군에 점령됐다 합니다! 아군 10만 대군이 일본 본토에 상륙했습니다!"

환희가 차오르고 있었다. 백악관에도 조선의 해전 승리가 전해지면서 큰 충격을 낳았다.

동아시아의 패자가 새로 정해지고 있었다.

일본의 목줄이 조여지고 있었다.

적의 마지막 힘을 분쇄하다

전쟁이 끊이지 않는 곳이었다.

숱한 함성과 포화로 뒤덮였던 곳에 잠깐의 평화가 찾아왔다가 다시 전화가 와서 휩쓸었다.

대지가 사람의 시체로 채워지지 않은 날이 없었다.

그곳은 구주였고, 일본에서는 큐슈라 부르는 곳이었다.

막부 정권에서 천황의 친정을 이루는 메이지 유신이 벌어지고 난 후, 유신을 위해 모든 것을 바쳤던 '사이고 다카모리'가 신정부에 버림받은 사무라이들을 모아 구주에서 거병해 일본 정부가 진압을 벌였다.

그 전쟁을 사람들은 '세이난 전쟁'이라고 불렀다.

그리고 세이난 전쟁이 끝난지 30년도 채 지나지 않아서 군홧발 소리가 일어났다.

마을 거리 중앙을 황록색의 군복을 입은 조선군이 지나갔다.

그것은 일본 정부군과 사이고의 사쓰마군이 마을을 점령했을 때와는 사뭇 다른 느낌이었다.

마을 주민들에게 조선군은 명백한 침략군이었고, 그들이 점령군으로서 악행을 저지른다면 그것을 막을 힘이 주민들에게는 없었다.

그저 두려워하며 집에서 문을 걸어 잠그고 창밖을 살폈다.

조선군이 약탈을 위해 집안으로 들어오지 않기를 바랐다.

그리고 걱정하는 일은 발생하지 않았다.

한 여자아이가 창밖을 살피는 어미의 옷자락을 잡고 말했다.

"엄마… 배고파……."

"쉿. 소리 내면 안 돼."

"배고파……."

아이의 애원에 창문 밖을 보던 여인이 우왕좌왕했다.

전쟁의 두려움과 아이를 먹여야 한다는 간절함이 있었다.

조심스럽게 걸음을 옮겨서 부엌으로 향했고, 나무통 안

에 쌀이 조금이라도 남아 있는지를 확인했다.

그리고 통 안이 빈것을 보았다.

추수철이 오기 전에 전시가 되어 군에서 남은 쌀마저 징발해갔던 것을 기억했다.

양식이 없는 것을 보고 아이의 어미가 어깨를 늘어뜨렸다.

그리고 아이가 계속 옷자락을 잡고 배고픔을 호소했다.

"배고파… 엄마……."

"미안하구나… 정말 미안해……."

아이를 끌어안고 어미가 눈물을 흘렸다.

전쟁터로 향한 남편은 돌아오지 못했고 조선군이 점령마을을 했으며 집에 양식은 전혀 없었다.

그것보다 절망적인 상황이 있을까 했다.

최소한 굶어죽는 것만큼은 피하고 싶었다.

그때 밖에서 일본어가 들려왔다.

"식량 배급을 실시하겠소! 앞으로 한시간 뒤에 식량 배급을 할 것이니, 양식이 필요한 주민은 마을 중앙에 우물이 있는 곳으로 오시오! 군에서 식량 배급을 실시하겠소!"

"……?!"

점령군이 적지의 주민에게 양식을 나눠주겠다는 말을 했다.

그 사실이 믿어지지 않아 창문 앞에 붙어서 밖을 슬쩍 쳐다봤다.

나무그릇을 들고 밖으로 나오는 주민과 계속 의심하며 집밖으로 나가기를 주저하는 사람들을 봤다.

그리고 다른 창문을 통해 우물 앞에 사람이 모여 있는 것을 봤다.

소총을 등에 멘 조선군이 있었고, 마을 주민들이 든 주머니에 뭔가를 부어넣고 말린 무를 나눠주는 것을 봤다.

그것을 보고 여인이 딸에게 말했다.

"조금만 기다리렴. 엄마가 다녀와서 밥해줄게."

집에 아이를 남겨두는 것이 불안했지만 어쩔 수 없었다.

나무그릇과 천 주머니를 가지고 집 밖으로 나가 우물 앞에 배급소를 차린 조선군 앞으로 갔다.

더 이상 그들에 대한 두려움으로 주저앉아 있을 수 없었다.

굶어죽는 것에 대한 두려움이 더 컸다.

긴장 속에서 일본어가 가능한 조선병의 통제를 따라 줄을 섰다.

일본인들 사이에서 작은 목소리로 이야기가 오갔다.

"우리에게 양식을 준다니 믿어지지가 않아……."

"조선도 나름 문명국인가봐……."

"설마 쌀 반, 흙 반은 아니겠지……."

적국의 주민들을 위해 좋은 양식을 줄 리 만무했다.

그것이 일반적이라 여기면서 그나마 모래가 섞인 곡식이라도 받을 수 있다는 사실을 다행이라 여겼다.

그리고 천천히 줄을 따라 걷다가 배급소 앞에 서서 조선군이 나눠주는 양식을 받았다.

양식의 상태는 그들의 생각과 판이하게 달랐다.

“어……?”

“뭐야? 질 좋은 쌀이잖아?”

“보리도 섞여 있지만 모래가 하나도 없어. 썩지도 않았고…….”

“우리에게 이런 양식을 주다니…….”

떨리는 시선으로 배급을 해주는 조선군을 쳐다봤다.

쌀보리를 퍼주던 병사가 손짓으로 물러나라고 지시를 내렸다.

그리고 다음 사람에게 박으로 양식을 퍼서 줬다.

주민들은 믿어지지 않았다.

해코지를 해도 모자랄 판에 귀한 양식까지 나눠준다는 것이 황당했다.

그 와중에 엄마와 함께 나온 여자아이가 양식을 받던 어미의 곁에 있다가 나비를 따라서 움직였다.

나비를 잡아보려고 손짓을 했다.

그러다가 한 장교와 몸이 부딪혔다.

장교의 얼굴은 일그러져 있었고, 주민들은 당황하며 아이가 큰일을 당할까봐 걱정했다.

놀란 어미가 받은 양식을 떨어트리고 아이에게 달려왔다.

"이것아! 왜 엄마 곁에서 떨어져서!"

"으앙~!"

보란 듯이 어미가 아이의 뺨을 때렸다.

그리고 장교에게 허리를 굽히며 죄송하다고 말했다.

"죄… 죄송합니다!"

아예 바닥에 엎드려서 용서를 구했다.

장교는 찌푸렸던 인상을 펴고 안쓰러워하는 모습으로 아이의 어미를 일으켰다.

아이의 뺨을 어루만지면서 통역병을 통해 어미에게 말했다.

"조심하지 못했다고는 하지만 때릴 일은 아니었소. 너무 했소."

"네……?"

"아이가 아니오? 철없이 뛰다가 이리 부딪히고 저리 부딪히고 하는게 정상인데, 이런 아이를 매질한다면 그것이 진정 사람이라 할 수 있겠소? 이 아이는 커서 얼마든지 우리 자녀의 친구가 될 수 있소."

"……."

"다음부터는 아이에게 다른 사람과 부딪히지 않도록 조심하라고만 말하시오. 그리고 바르게 키워주시오. 그거면 충분하오."

"요… 용서해주시는 겁니까……?"

"용서할 것도 없소."

장교의 대답을 듣고 아이의 어미가 눈물을 흘렸다.
장교에게 허리를 굽히며 다시 감사의 뜻을 전했고, 아이는 자신의 머리를 쓰다듬어주는 조선군 장교를 기억했다.
장교의 명찰에 '이척'이라는 이름이 쓰여 있었다.
그리고 미소 짓던 이척이 발걸음을 옮기면서 인상을 찌푸렸다.
그의 뒷모습을 주민들이 쳐다보고 있었다.
함께 움직이던 부중대장에게 이척이 말했다.
"진료소에 다녀가야겠어."
"어디 아프십니까?"
"아침부터 배가 아프고 물 변이 나오더군. 일단 먼저 막사로 돌아가 있어."
"예. 중대장님."
이척은 배를 부여잡고 진료소로 향했다.
그리고 그곳에서 간호사에게 증상을 말하고 차례를 기다렸다.
마침 진료소에는 실력 있는 의사가 있었고, 그가 누군지 알고 있는 이척은 그에게 온전히 자신을 맡겼다.
침상 위에 누워서 복부에 손길을 허락했다.
촉진을 마친 의사가 이척에게 병을 알렸다.
그리 위중한 병은 아니었다.
"일시적인 장염인 것 같습니다."
"장염이라 말이오?"

"그렇습니다. 사람이 음식을 먹을 때 여러 균이 따라 들어가게 되는데, 몸의 기운이 떨어지면 그 균을 제압하지 못해 장에서 탈이 나는 것입니다. 혹은 장이 제대로 기능을 하지 못할 때도 일어나는 일입니다. 심각하다면 제가 이렇게 촉진했을 때 아프셔야 되지만, 그렇지 않으시기에 일시적인 걸로 보입니다. 나아가는 단계이니 물을 따뜻하게 해서 많이 드시고 푹 쉬시기 바랍니다."

김신이 직접 이척의 복통을 살폈다.

그의 진단을 받은 이척은 고개를 끄덕이면서 금방 나을 것이라는 말에 안심했다.

군복을 여미면서 김신에게 고마움을 나타냈다.

"가보겠소. 고맙소."

"예. 조심히 살펴 가십시오."

"수고하시오."

이척이 일어나서 중대로 복귀하려고 했다.

부대로 돌아가기 전에 진료소에서 주민들을 치료하는 의사들을 봤다.

그리고 아파서 병상에 누운 몇몇 장병들을 봤고 그들을 보살피는 간호사들을 봤다.

덩치 큰 남자 간호사가 있었고 의녀로 불리는 여자 간호사가 그를 돕고 있었다.

그들을 보다가 발걸음을 옮겼다.

일본인들을 차별하지 아니하고 인간애로 보살피는 영웅

들을 봤다.

그럴 수 있는 여유와 대의가 조선에는 있었다.

끝내 불의한 이들을 격파할 것이라 믿으며 이척은 중대에 복귀했다.

곧 구주를 벗어나서 다시 적지에 상륙하리라고 생각했다.

* * *

일본의 모든 땅은 바다에 둘러싸여져 있었고, 일본군 함대를 궤멸시킨 조선군 함대는 일본의 해상 구석구석까지 누비며 싸웠다.

구주가 있었고 혼슈라 불리는 본주가 있었다.

그리고 홋카이도라 불리는 북해도 외에 시코쿠라고 불리는 사국, 일본의 4개 큰 섬 중 가장 작은 섬이 있었다.

그 섬은 일본에게 전략적으로 중요한 섬이었고 험준한 산세로 지형이 채워져 있어서 방어하는 쪽이 훨씬 유리할 수밖에 없었다.

2개 사단만 있어도 능히 1개 군단을 감당할 수 있는 곳이었다.

본주에서 시코쿠로 향하는 보급선들이 있었다.

보급선에는 무수한 탄약과 군량이 실려 있어서 시코쿠에 주둔하고 있는 일본군 부대의 전투력을 유지시켜주고 있었다.

보급선에 승선한 견시수가 사방을 살피며 경계했다.

그에게 선장이 탐망 상태를 물었고 견시수는 아무것도 없다고 말했다.

보고를 들은 선장은 안심하지 않고 견시수의 긴장을 끊임없이 요구했다.

"세토해는 혼슈와 시코쿠 사이의 내해지만 더 이상 바다를 지킬 수 있는 우리 해군이 없어! 육상에서 바다를 향해 포를 쏠 수 있지만 조선 군함이 나타날 수 있으니 절대 긴장을 늦추지 마라! 공격당하면 우리 배에 실린 군량이 날아가버려! 알겠나?!"

"예! 선장님!"

"도해할 때까지 잘 살펴라!"

한 치의 실수도 용납하지 않으려 했다.

조선군 함대가 나타나서 먼저 포격하고 한발이라도 맞았다간 죽는 것은 둘째 치고 사국에 주둔하고 있는 육군 병력이 보급 난에 허덕일 수 있었다.

그것은 전쟁에서 패할 가능성을 매우 높이는 일이었다.

바다에서는 패했지만 아직 육지에서 버틸 수 있었고, 일본 장병들은 그 희망의 끈을 놓지 않고 있었다.

그렇게 사국 해안을 향해 달리며 바다를 건너는 중이었다.

해안에 닿기까지 10분 남짓한 시간적 거리를 남겼을 때였다.
보급선 3척 중 한척에서 폭발이 일어났다.
쾅!
"우왁!"
"……?!"
옆에서 달리던 보급선의 견시수가 놀랐다.
일본 해군 장병들이 당황한 가운데, 선장들이 급히 지시를 내렸다.
"적함을 찾아!"
그리고 각 보급선의 견시수가 주위를 살피면서 두려움에 떨었다.
"보이지 않습니다!"
차라리 보이기를 바랐다.
그러면 조선군 함대가 나타난 곳 반대 방향으로 도망칠 수 있었다.
그러나 보이지 않았기에 어디에서 공격이 왔는지 알 수 없었다.
혹시 사고로 보급선에서 폭발이 일어난 것은 아닌가 하며 불붙은 부유물들을 쳐다봤다.
그때 부유물 뒤에서 해수면에 솟아올라 있는 무언가를 봤다.
그 아래에 마치 고래 같은 검은 그림자가 있었고, 거기에서 뭔가가 튀어나와 수면 아래를 달리기 시작했다.

보급선의 견시수가 소름을 느꼈다.
“어… 어뢰! 어뢰입니다!”
“뭐라고?!”
“거리 30! 20! 10! 으아악!”
쾅! 하는 소리와 함께 남은 보급선 두척 중 한척도 화염에 휩싸였다.
선저에서 폭발이 일어나며 선창에 실려 있던 포탄과 탄약이 유폭됐다.
그로 인해 배가 두쪽 나고 빠르게 해저로 가라앉기 시작했다.
격침된 보급선에서 뛰어내린 자는 단 두명뿐이었다.
그 두 사람도 정신을 잃은 상태로 생사를 장담할 수 없었다.
이어 전력을 다해 도망치던 보급선도 어뢰에 피격되어서 격침당했다.
가라앉는 보급선의 모습이 둥근 렌즈 속에 담겨서 허윤의 눈동자 속으로 들어왔다.
그가 잠수정을 지휘해서 일본의 보급선단을 궤멸시켰다.
잠망경을 내리고 타고 있던 승조원들에게 말했다.
“정리됐다. 해역에서 이탈한다.”
“대분으로 복귀합니까?”
“그래. 어차피 비상시에 써야 할 어뢰 빼고 더 이상 쓸 어

뢰도 없어. 침로 2—7—0으로 수정하라. 보급을 위해 돌아간다."

"예. 함장님."

"전속 항진하라."

"예."

섬으로 둘러싸인 세토해에서 충무공이순신함이 빠져나갔다.

10킬로미터에서 50킬로미터 정도밖에 안 되는 좁은 바다에서 수상함은 잘못하면 위험에 빠질 수 있었다.

해저를 은밀히 누빌 수 있는 충무공이순신함이 크게 활약했다.

허윤이 지휘하는 잠수정이 사국으로 향하는 보급항로를 끊어놓았고, 그로 인해 사국에 주둔하고 있던 일본 육군은 보급난에 빠지게 됐다.

본주와 사국 사이의 바다와는 구주를 포함한 세 섬이 만나는 사이의 바다는 매우 넓었다.

조선군 함대가 그 해역을 자유롭게 누볐다.

해안에 배치된 일본의 포병 진지를 포격했다.

일본이 보유한 어떤 야포보다 조선군의 5인치 함포 사정거리가 훨씬 길었다.

그리고 위력도 강력했다.

넓은 바다의 해안에서는 일본군이 일방적으로 공격을 받고 피해를 입을 수밖에 없었다.

그러나 섬 사이의 좁은 바다, 해협에서만큼은 조선군 함대에게 있어서 사지였다.

수풀로 포진지를 가리고 조선군 전투함이 오기를 기다렸다.

간절한 마음으로 매복해 있던 일본군 앞에서 조선군 함대는 함수를 돌리고 끝내 해협으로 들어서지 않았다.

그 모습을 보고 매복해 있던 장병들이 분통을 터트렸다.

"어째서 오지 않는 거야! 놈들을 격퇴시켜야 하는데!"

적의 의도를 이원회가 알아차리고 있었다.

단군함의 견시에서 멀어지는 세토해의 입구를 지켜보고 있었다.

"일부러 놈들의 아가리로 들어갈 필요가 없지. 구주 주변 해역을 다시 경계한다!"

"예! 제독!"

절대 적이 유리한 전장에서 싸우지 않았다.

구주 주변 해상을 완벽하게 장악한 상태에서 세토해를 향해서 나아가지 않았다.

그저 입구인 이와쿠니 앞바다까지만 진격하고 일본의 해안진지를 포격한 뒤, 구주 동부 항구도시인 오이타로 돌아갔다.

그리고 그곳에서 보급을 벌이고 다시 출항했다.

1개 전단은 부산포에 주둔하며 일본으로 향하는 조선군 보급선단을 지켰다.

그리고 틈틈이 '칸몬'이라 불리는 구주와 본주 사이의 해협을 견제했다.

본주 서부에 집결한 일본 육군이 함부로 구주로 도해하지 못하도록 만드는 가운데, 조선군의 높은 지휘관이 구주에 도착했다.

화물선에서 하선한 지휘관이 하카타항의 부두를 밟으면서 항구를 점령한 부대를 살폈다.

그리고 고개를 돌리다가 마중 나온 장교와 시선이 마주쳤다.

장교는 1개 부대를 이끄는 지휘관이었고, 그곳에 있던 사람 중 가장 높은 계급을 가진 자였다.

1군단장인 이응천이 먼저 경례했다.

"충성!"

그보다 계급이 높은 지휘관은 조선에서 몇 명 되지 않았다.

하카타에 도착한 이는 유성혁이었고, 이응천의 경례를 받아주고 난 뒤 어깨를 두드렸다.

그의 수고를 격려해줬다.

"고생이 많군."

"아닙니다."

"자네 덕분에 큰 피해 없이 구주를 점령했어. 덕분에 다음 작전을 구상할 수 있게 되었네."

"부하들이 힘써 준 덕분입니다. 전 그저 처음 세워졌던 작전을 따랐을 뿐입니다."

"겸손은… 일단 지휘막사로 가도록 하지. 그곳에서 새 작전을 짜도록 하세."

"예. 참모총장님."

과거로 왔을 때 두 사람의 나이는 각각 25살과 24살이었다.

그리고 6년이 지나 어느덧 두 사람 다 31살과 30살에 이르렀다.

둘은 함께 지휘막사로 향했고, 그곳에서 전승을 위한 작전을 준비하기 시작했다.

휴식 없이 곧바로 회의를 시작했다.

끼니를 해결하기 위해 군고구마와 물만으로 성혁이 배를 채웠다.

그러면서 작전 회의를 진행했다.

탁자 위에 일본 전도가 펼쳐져 있었고, 주요 도시의 위치와 제주도 크기만 한 섬들이 표시되어 있었다.

그리고 지도가 펼쳐진 탁자 주위로 1군단에 속한 사단장들이 둘러서서 의견을 나눴다.

해병 1사단을 지휘하는 박정엽과 근위 1사단을 지휘하는 이주현, 보병 3사단을 지휘하고 있는 정지철, 보병 6사단을 지휘하는 또 다른 여성 장군인 김수희, 보병 11사단을 지휘하고 있는 노주혁까지.

그들은 모두 한두살 차이 나는 젊은 장군이었고, 천군에

속했던 자들임과 동시에 대한민국 해병대 소대 2분대를 구성한 장병들이었다.

연륜은 없었지만 수많은 전사의 기록이 그들의 머릿속에 있었다.

성혁이 직접 지도 위를 짚으면서 정보국에서 확보한 첩보를 풀어놓았다.

"무역상과 매수된 적군의 첩보를 종합한 첩보일세. 현재 혼슈 최서단인 야마구치현에만 주둔하고 있는 적군이 15만명일세. 이들은 모두 일본의 최정예군이고, 시코쿠에는 3만 병력이 주둔하고 있네. 그리고 중부 지역인 히로시마에서 오사카까지 10만, 동경에 10만 병력이 주둔하고 있네."

설명을 듣고 주현이 물었다.

"처음 정보와 달리 적군이 늘어난 것 같습니다만?"

"그야, 놈들도 제대한 예비군이라는 게 있으니까. 있는 병력, 없는 병력을 긁어모아서 몸에 침입한 세균 같은 우리들을 상대하려는 거겠지. 물론 전투력이 그다지 없는 보통의 주민들은 제외시켰네. 잘해봐야 죽창 정도로만 무장했을 테니까. 우리가 방심하지만 않는다면 그리 큰 위협은 되지 못할 거야. 최우선 제거 대상은 적군 중 화기로 무장한 부대일세."

제대로 산업화가 이뤄지기 전이었다.

화기 생산을 벌일 수 있지만 생산량이 전쟁을 감당할 수 있는 수준이 아니었다.

때문에 러시아와 일본이 전쟁을 치를 때 영국이 뒤에서 일본을 도와야 했다.

그랬던 역사적 사실을 지휘 막사에 모인 사단장들이 알고 있었다.

적의 정규군과 화기를 든 예비군을 격퇴하면 더 이상 일본은 발악할 수 없을 거라고 생각했다.

지도를 보다가 박정엽이 일본 서쪽을 짚었다.

"너무 많습니다."

"적이 말인가?"

"예. 우리는 주둔군까지 포함해서 10만, 적은 15만명입니다. 비록 해안가에서는 우리가 유리하지만 내륙으로 들어가면 아군 화포의 위력이 강하다고 해도 크게 피해 입을 수 있습니다. 후에 치를 전투를 생각하면 피해를 감수하면서 공세를 벌이는 것을 피해야 됩니다. 차라리 시코쿠를 점령하고 오사카를 점령하는 것이 나을 것 같습니다."

성혁이 고개를 끄덕인 뒤 다른 사단장들을 쳐다보면서 의견을 물었다.

정지철, 김수희, 노주혁은 동의했고, 오직 이주현만 쉽게 고개를 끄덕이지 않았다.

지도 위를 검지로 짚으면서 말했다.

"여기를 칩시다."

사람들의 시선이 주목됐다.

그녀가 가리키는 곳은 일본의 심장이었다.
동경을 가리키면서 이주현이 말했다.
"해병 1사단장의 의견에 동의합니다. 구주와 가까운 혼슈에 상륙해서 전투를 벌이면 막대한 피해가 일어납니다. 하지만 점령이 어렵기는 시코쿠도 마찬가지입니다. 섬 크기도 작지 않고 전쟁이 길어질 수 있습니다. 차라리 적의 수뇌가 있는 토쿄를 칩시다."
"머리를 치자고?"
"지금 상황에서 혼슈 서부에 시선이 쏠려 있을 때 빈틈을 노리는 겁니다. 누구도 동경으로 직접 공격할 것이라고는 생각 못 할 겁니다. 특임대가 적군 지휘부를 함께 타격해 준다면 적의 지휘체계를 무너뜨린 상태에서 동경을 점령할 수 있습니다. 그러면 적은 전의를 상실하게 됩니다. 적의 머리를 쳐내야 합니다."
주현의 의견을 듣고 성혁이 턱을 짚으며 고민했다.
그리고 이응천에게 물었다.
"자네는 어찌 생각하나?"
대답을 들었다.
"좋은 생각입니다. 성공한다면 당장 일주일 안으로 전쟁을 끝낼 수도 있습니다."
"불안 요소는?"
"작전에 실패한 것 외에는 그다지 떠오르지 않습니다. 저는 이장군의 생각에 동의합니다."

다른 사단장들의 생각을 물었다.
"자네들은 어떠한가?"
그리고 대답을 들었다.
"동의합니다."
"전투를 치르면 어찌되었건 사상자가 생깁니다. 전쟁을 빨리 끝낼 수 있는 쪽이 좋습니다."
그들의 동의에 성혁이 마지막으로 고개를 끄덕였다.
그리고 이응천에게 지시를 내렸다.
"특임대장을 부르게."
"예. 참모총장님."
작전 성공의 핵심은 지휘체계를 무너뜨리는 데에 있었다.
상륙전을 벌이기 전에 먼저 적지에 침투해서 수뇌를 참수시킬 부대가 필요했다.
성혁이 특임대장인 우종현을 찾았고, 이응천이 전령을 보내 그를 지휘 막사로 불러들였다.
종현은 성혁에게 경례를 하며 무척 반가움을 표시했다.
성혁도 그와 악수하고 어깨를 두드리면서 격려해주었다.
"정말 큰일을 해줬어."
"아닙니다. 참모총장님."
그리고 특임대의 상태를 물었다.
"대원들은 지금 뭐하고 있나?"

“휴식하면서 정비를 벌이고 있습니다.”

“다친 대원이나 아픈 대원은 없고?”

“예. 없습니다. 무사히 임무를 수행하고 휴식을 취하고 있습니다. 걱정하지 않으셔도 될 것 같습니다.”

종현의 대답을 듣고 성혁이 고개를 끄덕였다.

참모총장직을 받아들이지 않았다면 종현과 대원들과 함께 전장을 누볐을 성혁이었다.

언제나 후방에 있었던 마음 때문에 입이 무척 무거웠다.

종현에게 새로 임무가 떨어질 것임을 알려줬다.

“조만간 출동해야 할 것 같네.”

“명령만 내려주십시오. 어떤 임무든지 수행하겠습니다.”

“적 지휘부를 타격하는 일일세. 참수작전이지. 때문에 우리가 보유하고 있는 장비 상태가 중요하네. 스텔스 망토의 상태는 양호한가?”

“아직은 양호합니다.”

“충전 상태는?”

“최근에 방전률이 높아져서 수시로 태양광 전지를 통해 충전하고 있습니다. 지금도 충전하고 있지만 임무를 수행하는 데에는 지장이 없습니다. 작전을 벌여야 하는 순간에만 작동시키면 됩니다. 적은 우리가 유령인 줄로 압니다.”

“토쿄로 침투하는 데에 아직 문제는 없겠군. 세부 작전은 내일 알려줄 것이니 대원들에게 출동할 준비하라 지시를 전하게. 그리고 금일 저녁은 든든히 먹게."
"예. 참모총장님."
"이상일세."
"예. 이만 물러나겠습니다. 충성."
종현이 경례했고 성혁이 경례를 받아줬다.
지휘막사에서 종현이 나가자 성혁이 그의 뒷모습을 입구 앞에 서서 지켜봤다.
그러다가 머릿속에서 한 생각이 스쳐 지나갔다.
미간이 좁히면서 급히 발걸음을 움직였다.
그리고 지도가 펼쳐진 탁자 앞으로 와서 시선을 깔았다.
동경으로 향했던 그의 눈동자가 왼쪽을 향해서 크게 선을 그었다.
그의 행동을 이상하게 여기던 응천이 물었다.
"뭔가 잘못된 것이라도 있습니까?"
그리고 대답을 들었다.
"잘못된 것은 아니지만 상당히 걸리는군."
"어떤 것이 말입니까?"
"작전을 바꿔야 할 것 같아. 지금의 작전을 기만전으로 써야겠어."
"예?"
"이곳을 점령할 것이네."
"……?!"
성혁이 검지로 짚은 곳을 보고 사단장들이 놀랐다.

서로가 지도를 보고 얼굴을 번갈아보면서 성혁의 의도를 짐작하기 시작했다.

성혁이 작은 목소리로 사단장들에게 자신의 뜻을 전했다.

그리고 새로운 작전 설명을 듣고 이응천을 비롯한 사단장들이 옅은 탄성을 터트렸다.

"그렇게 하신다면……."

성혁이 응천에게 의견을 물었다.

"어찌 생각하나?"

그리고 대답을 들었다.

"찬성입니다. 어쩌면 그게 나을 수도 있겠습니다. 그리고 적에게 기만 정보를 흘려야겠습니다."

동의를 얻고 사단장들에게도 물었다.

"자네들은?"

그리고 대답을 들었다.

"동의합니다."

"참모총장님의 판단이 옳습니다."

"심장보다 적의 사지를 끊어놓아야 합니다."

성혁이 응천과 지휘관들에게 지시했다.

"출진할 준비를 하게."

"예! 참모총장님!"

구주에 주둔하고 있던 조선군이 다시 움직이기 시작했다.

보급물자를 채우고 정비를 모두 끝낸 뒤, 적의 머리가 위치해 있는 동경으로 진격하려고 했다.

통신대대에 속한 장병들이 발전기에 연결된 전신기의 단추를 두드렸다.

막사 기둥에 달린 전구가 번쩍였고, 하늘을 꿰뚫는 전파가 송출되었다.

바다 건너 조선으로 구주에 주둔하고 있는 부대가 어떤 작전을 벌이는지를 알렸다.

그리고 그 신호를 동경의 일본 육군성에서 포착했다.

신호를 포착한 전신병이 미세하게 들리는 전파음을 종이에다가 선을 그으면서 기록했다.

어떤 때는 선이 되었고, 어떤 때에는 점이 되었다.

그리고 그 기록지는 해석이 된 후 카츠라에게 전해졌다.

육군대신인 카츠라가 야마가타에게 급히 달려가서 보고했다.

보고를 받은 야마가타가 미간을 좁히며 의문을 표했다.

있을 수 없는 일이 벌어졌다.

"놈들이 이곳으로 진격해올 거라고?"

"그렇소."

"믿을 수 있는 거요?"

"솔직히 반신반의요. 놈들의 속임수일 수도 있기 때문이오. 다만 이 정보를 토대로 놈들이 움직인다면 이쪽으로 오는 것이 분명해지게 되오. 놈들의 상륙에 대비해야

되오. 토쿄까지 오는 해상을 완전히 장악해야 하기 때문에 사전 작업을 벌일 수 있소. 우리의 해안포 진지나 진수부를 공격할 수도 있소. 그런 과정이 벌어지게 된다면……."

"남은 전투함을 요코스카에 집결시켜야 하겠군. 맞소?"

"그렇소. 작금의 전황에서 도움되지 않는 어뢰정들이라도 요코스카에 집결시켜야 하오. 그러면 놈들이 토쿄에 상륙하기 전에 요코스카부터 먼저 공격할 것이오. 그 후에 놈들의 상륙전이 벌어질 테니, 요코스카가 공격받으면 즉시 토쿄로 병력을 집중시켜야 하오. 이곳에서 놈들을 궤멸시켜야 하오."

한줄기 희망의 빛이 보이고 있었다.

구주를 조선군에게 빼앗겼다는 보고를 들었을 때 모든 대신이 거품을 물고 쓰러질 뻔했다.

그러면서도 포기할 수가 없어서 본주로의 진격을 막으려고 했다.

그리고 사지를 택하는 조선군을 보게 됐다.

제발 자신들이 원하는 대로 조선군이 움직이기를 원했다.

야마가타가 하늘에서 내려지는 동아줄을 잡았다.

"구주를 점령해야 되니, 이제 놈들의 주력군은 10만명 아래요. 그놈들만 짓뭉개면 결국 아무 소득도 없이 돌아갈 거요. 그 후에 협상을 치를 육군대신은 해군대신과 상의해서 이를 준비하시오. 반드시 우리가 있는 곳을 놈들의 무덤으로 삼아야 하오."

"알겠소."

최대 위기를 마지막 기회로 삼으려고 했다.

들어온 첩보를 토대로 조선군의 의도를 시험하기 위해 요코스카로 작은 전투함과 어뢰정들을 집결시켰다.

그리고 진수부를 지키고 있던 병력을 최소한만 남긴 채 나머지는 후방으로 빼서 피해를 최소화시키려고 했다.

* * *

그로부터 수일이 지났다.

동경만에서 태평양으로 나가는 관문 앞에서 태극기를 휘날리는 조선군 함대가 출현해 함포를 조준했다.

요코스카의 일본군이 비상종을 크게 울렸다.

"비상! 비상!"

"조선군이다!"

"적 함대가 출현했다! 비상!"

이어 수평선에 걸쳐 있던 조선군 함대에서 불빛이 번쩍였다.

천둥소리와도 같은 포성이 멀리서 울려퍼졌고 요코스카 항구 주변에서 굉음이 크게 일어났다.

직후 하늘이 무너지는 것 같은 소리가 크게 울려퍼졌다.

조선군의 함포탄이 요코스카 항구 일대를 맹폭격하기 시작했다.

정박해 있던 어뢰정과 소형 전투함이 피탄되면서 침몰했고, 부두가 산산조각나면서 완전히 파괴되었다.

그리고 진수부에 있던 각종 시설물과 설비가 잿더미 속에 묻혔다.

먼 내륙으로 피신해 있던 일본 장병들이 그 모습을 지켜보고 있었다.

주먹에 힘이 실렸고 가슴 속에서 참을 수 없는 분노가 크게 일어났다.

조선군의 공격에 신성하게 여겨지는 그들의 영토가 공격받고 있었다.

"똥같은 조선인 놈들……."

"오기만 와봐. 모조리 죽여버릴 테니까. 이제 저놈들이 우리들에게 걸려서 죽을 차례야!"

"우리나라를 침략한 대가를 치르게 할거야!"

자랑스럽게 여겼던 진수부가 초토화되고 있었다.

볼 때마다 가슴 벅찼던 군함도, 정들었던 막사도 더 이상 보이지 않았다.

오직 검은 연기와 화약 내음으로만 채워졌다.

맹폭을 가하던 조선군 함대가 포성을 멈추고 요코스카 앞바다를 잠시 지켰다.

그리고 더 이상 부술게 없었는지 뱃머리를 돌리고 넓은

바다로 빠져나갔다.
이후 서쪽으로 돌아갔음이 확실하다고 여겨졌다.

조선군이 동경 앞바다에 나타난 사실이 태정관에 전해졌다.
보고를 받은 야마가타가 급히 지시를 내렸다.
"조선군이 요코스카를 공격했소. 놈들의 의도는 명백하오. 토쿄에 직접 상륙해서 우릴 공격할 작정이오. 따라서 오카야마에서 히메지, 오사카에 주둔하고 있는 병력을 나고야로 재배치하고, 나고야의 병력을 토쿄로 불러들여야 할 것이오. 놈들의 상륙전에 대비하시오."
"예! 총리대신!"
동경에 직접 상륙하려는 조선군의 전략을 예상하면서 야마가타가 지시를 내렸다.
구주와 접한 관문해협의 맞은편 도시가 '시모노세키'라 불리는 '하관'이었다.
하관에서 직선으로 동쪽으로 향하면 120킬로미터 거리에 이와쿠니가 있었고, 이와쿠니에서 30킬로미터 동쪽으로 향하면 히로시마였다.
그리고 이와쿠니와 히로시마 앞바다가 세토내해의 입구였다.
히로시마에서 동쪽으로 다시 150킬로미터를 가면 오카야마가 있었고, 그 다음으로 히메지, 오카야마에서 150킬

로미터 거리 동쪽에 오사카가 있었다.

그 뒤로 동쪽에 쿄토, 나고야, 시즈오카 순으로 도시가 이어져 있었다.

세토내해는 오사카 앞바다에서 끝이 나며, 사국의 섬 끝자락도 오사카 앞바다에서 끝이 난다.

그 뒤로 본주 해안은 태평양과 접해 있었다.

동경은 오사카라 불리는 '대판'으로부터 무려 400킬로미터 동쪽에 위치해 있었다.

전령과 새로 작성된 암호문 통신을 통해 본주 서쪽의 병력이 중부 지역의 나고야로 재배치되고 다시 나고야의 병력이 동경으로 이동했다.

나고야에서 히로시마까지의 거리는 직선으로 400킬로미터 거리였다.

조선군이 상륙할 것을 대비했다.

탄약을 잘 분배하고 31식 야포를 준비해 조선군이 상륙하면 신속히 야포를 배치해서 화력지원을 벌이려고 했다.

그리고 무엇보다 천군을 가장 경계했다.

전구뿐 아니라 횃불을 피워서 밤에도 낮처럼 밝게 만들었다.

유령이라는 소문을 믿지 않았다.

하지만 밤에 현양사의 사장과 흑룡회장이 죽고 이토와 이노우에가 암살당했던 일을 떠올리면서 빈틈을 만들면 그들의 침투를 허용하게 된다고 생각했다.

수많은 병력으로 태정관과 정부 관청을 겹겹이 감싸 경계했다.

그렇게 철저히 조선군의 상륙전에 대응했다.

모든 준비를 끝내고 조선군이 상륙하기를 기다렸다.

일본의 심장부에 상륙하는 순간, 조선군을 궤멸시키고 전황을 반전시키려고 했다.

그런 생각으로 야마가타가 뜬 눈으로 밤을 지새우다가 늦게 잠들었다.

그리고 누군가가 자신의 몸을 흔드는 것을 느꼈다.

아예 집무실에서 침상을 마련하고 숙식하고 있었다.

그의 집사가 몸을 흔들면서 깨우자 잠들어 있던 야마가타가 힘들게 눈을 떴다.

"음……?"

집사가 다급히 외쳤다.

"총리대신!"

"음……?"

"총리대신! 큰일 났습니다!"

쉽게 정신을 차릴 수 없었다.

몇 번이나 자신을 부르는 집사의 목소리를 듣고 나서야 야마가타가 침상에서 허둥지둥 일어나서 주위를 둘러보았다.

옆에 카츠라와 야마모토가 와 있는 것을 봤다.

그리고 두 사람이 옴에 무언가를 직감했다.

"조… 조선군은…?! 조선군이 상륙했소?!"
그리고 카츠라가 대답했다.
"그렇소!"
"우리 군은?! 놈들을 격퇴시켰소?! 어찌 되었소?!"
"……."
야마가타의 물음에 카츠라가 쉽게 대답하지 못했다.
침묵하면서 입술을 질끈 물었다.
그 대신 야마모토가 힘들게 입을 열었다.
"조선군이 상륙했소."
"교전 중이오?"
"아니오."
"그러면?"
"정확히 말하자면… 놈들은 토쿄 부근 어디에도 상륙하지 않았소."
"상륙하지 않았다고…? 그럼 어디에 상륙한 거요?"
대답하지 못했던 카츠라가 이어 대답했다.
"히로시마요……."
"히로시마?"
"큐슈를 마주하는 우리 정예군의 후방에 상륙했소. 때문에 혼슈 서부에 배치된 15만 대군이 완전히 고립될 지경이오."
"그러면 지금 당장 지원군을!"
"이미 늦었소……."

"……?!"

"며칠 전에 우리가 내렸던 명령 때문에 오카야마에서부터 오사카 사이에 배치된 중부 병력이 동쪽의 나고야로 배치된 상황이오. 때문에 서부에 배치된 군사들을 도울 수 없소. 서부 철도와 대로를 조선군이 장악할 것이기 때문이오. 해상에서 놈들의 함대가 포격할 수 있소."

"맙소사……!"

야마가타가 경악했고 두 전쟁대신은 침통한 표정을 지었다.

충혈된 눈으로 카츠라가 야마가타에게 말했다.

"패배를 피할 길이 없소… 이제부터 우리는 어떤 방식으로 패할 것인지를 논의해야 하오… 놈들에게 절대 쉽게 패해서는 안 되오……."

침묵이 집무실 안을 가득 맴돌았다.

8시 정각이 되자 벽에 붙어 있던 시계에서 종소리가 울렸다.

그리고 그 소리는 마치 일본의 끝을 알리는 종소리 같았다.

동경에서 일본군이 모든 것을 준비했을 때, 그들을 속인 조선군은 세토해 입구로 향해서 히로시마로 불리는 '광도'와 구레로 불리는 '오'를 함께 두들겼다.

구레 진수부는 무쓰히토가 직접 개청했던 곳으로 전쟁이 일어나면 일본 동서로 함대를 보낼 수 있는 해군기지였다.

그리고 그 해군기지를 향해서 6척의 전함과 8척의 순양함이 불을 뿜었다.

포성을 일으키며 함포탄을 토해냈고, 진수부 곳곳에서 폭발이 일어나며 건물이 부서졌다.

부두가 깨지고 창고가 폭발해 주위로 비산했다.

적 진수부를 초토화 낸 이원회가 명령을 내렸다.

"내해 밖으로 나가서 서진한다. 적이 보이면 지체 없이 포격한다."

"예! 제독!"

통신장인 이태성이 이원회의 명령을 다른 함정들에게 전했고, 1전단장인 이동휘가 전단 함정들을 통솔했다.

그리고 단군함의 함장이자 전함전대장인 신순성이 단군함을 지휘하면서 함수를 돌렸다.

함교 창문 밖에서 빛나던 태양이 돌아갔다.

창문틀이 남기는 그림자가 돌면서 전함과 순양함들이 머리를 돌리고 히로시마 앞바다를 향해서 항진하기 시작했다.

그리고 그곳에서 상륙부대와 화물선들을 지키는 3전단 함정들을 스쳐지나갔다.

1전단과 2전단이 해안선을 따라 움직이면서 일본군이 있는 곳을 수색했다.

그리고 이번에는 그저 해안포 진지만 공격하지 않았다.

함포탄이 닿는 거리의 모든 일본군이 조선군 함대의 표

적이었다.

이원회의 망원경 속에 해안과 가까운 산을 점령한 일본군이 보였다.

그들의 진지 아래에 서쪽으로 향하는 길이 있었다.

망원경을 내린 이원회가 포격 명령을 내렸다.

"저 산에 적 1개 연대가 있다. 즉시 포격한다."

"예! 제독!"

포격 명령을 받은 장병들이 일사분란하게 움직였다.

단군함의 포탑이 돌아가자 다른 전함과 순양함들의 포탑도 함께 돌아갔다.

그리고 포구를 들면서 일본군이 지키고 있는 산으로 함포를 조준했다.

산속에 있던 일본군이 조선군 함대의 포구를 확인하고 경악했다.

망원경을 들고 있던 일본군 지휘관이 크게 외쳤다.

"이런! 놈들이 이쪽을 조준했어! 피해라!"

그의 명령이 다 전해지는 것보다 이원회의 명령이 훨씬 빨랐다.

"포격하라!"

"쐈!"

포성에 함교 창문이 크게 흔들렸다.

포구 아래의 바닷물이 충격파에 밀리면서 원을 그려내 파도를 밀어냈다.

그리고 하늘을 가른 포탄이 산 위에 떨어져서 화염을 크게 일으켰다.

바다에서 날아드는 함포탄에 진지를 지키던 일본군이 비명을 질렀다.

"우와!"

콰쾅! 쾅! 콰콰쾅!

"크아악!"

신체가 찢어진 장병들이 고통스러워했다.

그리고 그들은 또다시 포탄을 맞아 숨졌고, 살아남은 자들은 조선군 함대의 위력을 보고 두려움에 떨어야만 했다.

육상에 배치된 어떤 야포로도 함포에 맞설 수 없었다.

특히 해안가에 배치되어 함포 공격을 받기 좋은 곳에 있던 포병부대가 모두 궤멸한 상태였다.

남은 포병부대는 내륙으로 피해서 육상 깊숙한 곳으로 오는 조선군을 공격하려고 했다.

숲과 언덕에 은폐해서 숨으려 했다.

그런 일본군 포병부대의 위치를 조선군 함대가 자세히 알고 있었다.

본주에 특임대가 침투했던 적이 있었다.

"저 산 너머에 적 포병대가 있다. 포병대를 향해 함포를 조준하라."

"함대 포격 준비!"

측량기사가 함대의 위치와 산의 위치를 파악했다.

그리고 지도에 표시되어 있던 일본군 포병대와의 거리를 계산병에게 알려줬다.

계산병이 산출한 포 각도는 그들의 상관과 이태성을 통해서 각 전단과 전대에게 전해졌다.

통신병들이 수기를 흔들었고 함포의 포구가 조정됐다.

다시 포격할 준비가 끝나자 이원회가 고개를 끄덕였다.

곧 포격 명령이 떨어졌다.

신순성이 장병들에게 명령을 내렸다.

"쏴라!"

"발포!"

쿠쿠쿵! 쿵!

또 한번 단군함이 흔들렸고 함교 창문 밖에서 불빛이 번쩍였다.

산에 보이는 일본군 진지를 넘어서서 이번에는 그 뒤쪽에 있는 적의 포병부대로 포탄이 날아갔다.

굉음이 산 정상의 하늘을 찢어놓고 땅에서 불꽃이 터지기 시작했다.

폭음과 함께 방렬되어 있던 야포들이 크게 타격을 받았다.

폭발이 일어나면서 야포의 포신이 찢어지고 가신이 부러져 나갔다.

조선 해군의 포격에 일본군 포병이 크게 당황했다.

"어떻게 우리가 여기에 있는 것을 아는 거야?!"

"피해라!"
"으아아!"
콰콰쾅!
"크악!"
쌓여 있던 포탄이 유폭되었다.
그 주위에 있던 일본군이 산산조각 났다.
검은 연기가 산 너머에서 피어올랐고, 그 모습을 진격을 준비 중이던 조선 육군이 지켜보고 있었다.
그리고 이척이 속한 해병 1사단도 진격할 준비를 했다.
동쪽으로 진격하는 것이 아니라 서쪽으로 고립된 적에게 비수를 겨눴다.
해상 포격으로 섬멸된 일본군을 향해서 돌격 명령이 떨어졌다.
"적군을 궤멸시켜라! 돌격!"
"돌격!"
"와아아아아~!"
신태호와 안창호, 양기탁이 소총을 들고 뛰었고, 세자인 이척도 적이 있는 곳을 향해서 달리기 시작했다.
조선군의 포격에 막대한 피해를 입고 살아남은 일본군 병사가 겨우 한쪽 눈을 뜨고 산 아래를 쳐다봤다.
그리고 돌격해오는 조선군을 발견했다.
"저… 적이다! 적들이 온다……!"
퍽!

"……!"

미간을 총알이 꿰뚫었다.

싸우려는 자와 싸우는 자를 돕는 자까지.

조선군은 완전히 투항하지 않는 한 적을 섬멸해 나가고 진멸해가기 시작했다.

그렇게 적의 배후에 기습상륙해서 서진했다.

본주 서쪽에 배치된 일본군이 큰 위기에 빠졌다.

그리고 그들을 구할 수 있는 가장 가까운 곳의 일본군은 천리가 넘는 곳에 위치해 있었다.

조선군의 섬멸전이 벌어지던 때, 일본에 주재하고 있던 영국 공사와 미국 공사가 일본 외무성을 방문했다.

그리고 사이온지에게 충격을 가했다.

그 충격은 이내 야마가타에게 전해졌다.

야마가타는 보고를 받고 놀라 자리에서 벌떡 일어났다.

"지… 지금…! 뭐라고 했소?! 영국과 미국이 선전포고를 했다고?!"

"그렇소."

"이놈들이 어째서 우리에게……!"

크게 분노하다가 지난 일들이 기억났다.

폭탄으로 두 나라의 공관원과 국민들이 죽을 뻔했다.

그 사실을 기억하면서 의자에 주저앉으면서 기력을 잃었다.

"어떻게 이런 일이……."

하늘이 일본의 멸망을 원하고 있었다.

이제부터 역사는 일본인이 아닌 조선인들의 손을 잡고 움직이려는 듯했다.

그 사실을 세상 모든 사람들이 알고 있었다.

거칠 것 없는 위대한 함성이 조선인들에 의해서 울려퍼지고 있었다.

* * *

"일본어로 번역된 신문이다. 네 고집이 일본을 어떻게 망하게 만드는지를 보라. 이들의 죽음은 네놈이 자초한 일이다."

무쓰히토가 연금된 가옥에 신문을 들고 조선군 장교가 찾아왔다.

일본어로 된 신문을 장교가 넘겨주자 방에 앉아 있던 무쓰히토는 바닥에 떨어진 신문을 초점 잃은 시선으로 쳐다봤다.

그리고 장교가 방에서 나간 뒤 한동안 그것을 무시하다가 신문을 들었다.

궁금증이 그의 혐오와 증오심을 이겼다.

신문 전면에 조선군의 연전연승에 관한 소식이 실려 있었다.

그리고 히로시마에 상륙하는 조선군의 모습이 사진으로

실려 있었다.
무쓰히토의 표정이 일그러졌다.
"빌어먹을……."
눈이 빨갛게 충혈됐다. 고인 눈물이 바닥으로 떨어졌고, 하늘이 자신과 일본을 버렸다고 생각했다.
그의 반응과 태도가 장성호를 통해 이희에게 전해졌다.
이야기를 듣고 이희가 한숨을 쉬었다.
"고집이 세군."
"인정하기 싫은 겁니다."
"그래도 현실은 바뀌지 않는다. 일본은 계속 패하고 있고, 우리는 연전연승이니 끝내 패배를 받아들이고 항복할 것이다. 그렇지 않으면 무수한 희생을 치러야 하니 말이야. 백성이 없으면 군주 또한 없다. 일왕도 그런 일을 원하지 않을 것이다."
"수시로 일본의 패전을 전하겠습니다."
"그리하라."
왕의 항복이 있느냐 없느냐는 큰 차이가 있었다.
그의 발언 하나로 백성들이 일어설 수도, 앉을 수도 있었다.
때문에 어떻게든 무쓰히토의 항복 의사를 받아내고자 했다.
이희는 무쓰히토에 관한 이야기는 잠시 접어두고, 조선에 들어온 다른 새로운 소식을 듣고자 했다.

장성호로부터 보고를 듣고 이희가 물었다.

“영길리와 미리견이 선전포고를 했다고?”

“예. 전하.”

“이제껏 가만히 있다가 지금에 와서 선전포고를 하는 이유가 무엇인가?”

늦은 선전포고의 이유에 대해서 물었고 대답을 들었다.

“영국의 경우 동맹 관계임에도 불구하고 일본의 위협 행위에 대해 적극적으로 우리 편이 되지 못했습니다. 때문에 관계가 악화되어 미국의 영향력이 높아질까봐 선전포고를 한 것입니다. 조선에 미국 회사의 공장이 세워지는 상황에서 우리의 마음을 얻지 못하면 미국을 견제할 수가 없어서…….”

“달래기 위해서 늦게라도 조건 없이 함대를 보내겠다는 것인가?”

“예. 그리고 미국의 경우 대통령이 미국 국민들의 투표로 뽑히기 때문에 국민들의 뜻을 따릅니다. 그동안 우리가 먼저 선전포고했던 것 때문에 부담을 느꼈다고 합니다. 하지만 미국 신문사들이 일본에게 책임이 있음을 알리고, 안련을 비롯한 미국 공사관원들이 죽을 뻔했던 사실을 알리면서 민심이 뒤집혔습니다. 일본에 대한 징벌을 국민들이 요구하면서 미국 대통령이 따른 것입니다. 여러모로 우리에게 유리한 상태입니다. 그저 최소한의 피해로 이기는 전략만 택하시면 될 것입니다. 전하.”

이희가 고개를 끄덕이면서 만족스런 표정을 지었다.
그리고 장성호에게 지시했다.
"우리가 원하지 않는 무언가를 해주고 그들이 원하는 것을 얻는 것이라면 막겠지만, 조건이 없는 선의라면 받아들이도록 하라. 우호를 다지고 신뢰 관계를 다시 구축해서 적에게 맞설 것이다."
"예. 전하."
일본에 대한 영국과 미국의 선전포고가 세상에 알려졌다.
백성들이 신문을 통해 그 사실을 알게 되었다.
영국과 미국이 함께해준다는 생각에 조선의 국위를 새롭게 보기 시작했다.
독립국을 뛰어넘어 그들과 견줄 수 있는 나라가 되었다고 생각했다.
"이제 우리도 열강이야!"
"영국과 미국이 우리와 함께 싸우겠다잖아!"
"더 이상 우리를 무시할 수 없어!"
주먹을 불끈 쥐며 백성들이 기뻐했다.
그러면서 갓을 쓴 선비들을 중심으로 이희에 대한 이야기를 했다.
그것은 칭제에 관한 이야기였다.
"이제 칭제를 하셔도 되지 않을까?"
"전하 말이야?"

“그래. 세상이 이렇게 알아주는데 폐하로 불리셔도 부족함이 없다고 생각해. 마땅히 대조선국이 아니라 대조선 제국이 되어야 해. 나는 그렇다고 봐.”

저고리 차림에 서양인들의 모자를 쓴 한 백성이 안경을 만지면서 말했다.

“일본을 상대로 이기고 나면 칭제하시지 않을까?”

“전쟁이 끝난 뒤에?”

“나는 그렇게 보는데? 쪽발이 놈들의 왕이 천황이다 뭐다 하면서 칭제하는데, 놈들을 때려잡으시고 황위에 오르실 거라고 봐. 그래서 빨리 전쟁이 끝났으면 좋겠어.”

많은 백성들이 이희가 황위에 오르는 것을 기대하고 있었다.

“우리도 이제 황국의 백성이야. 그렇게 되어야 해. 그러면 다른 나라들은 우리들을 위대하게 생각할 거야.”

“그래, 맞아.”

조선이 최고의 나라라는 것을 세상에 알리고 싶었다.

그러한 백성들의 마음이 모이고 있었다.

〈다음 권에 계속〉